Francis Durbridge

Die gelbe Windmühle
(The Yellow Windmill)

mit einem Vor- und Nachwort von
Dr. Georg Pagitz

– Williams & Whiting –

Coverdesign: Timo Schröder

ISBN 9781912582822

Williams & Whiting (Publishers)
15 Chestnut Grove, Hurstpierpoint,
West Sussex, BN6 9SS, England

INHALT

VORWORT
von Dr. Georg Pagitz

Der ganze deutsche Sprachraum war im Krimifieber, wenn im Fernsehen ein Mehrteiler nach einem Drehbuch von Francis Durbridge lief. Von *Der Andere* (1959) bis hin zu *Die Kette* (1977) brachten die Ausstrahlungen der spannenden Cliffhangergeschichten sensationelle Einschaltquoten. Oft wird als Beispiel *Das Halstuch* (1961) genannt (auch heute noch immer mit dem unrühmlichen vorzeitigen Verrat des Täters durch Wolfgang Neuss in Verbindung gebracht). Die 89% Einschaltquote dieses Mehrteilers konnten allerdings noch von der letzten Folge von *Tim Frazer* (1962) getoppt werden: 93% Sehbeteiligung erreichte eine TV-Sendung weder vorher noch nachher. Selbst 1977, als es »schon« drei TV–Programme gab, war *Die Kette* mit fast 72% Einschaltquote die erfolgreichste Fernsehsendung des Jahres (und auch erfolgreicher, als alle 1976 ausgestrahlten Programme).

Es ist kein Wunder, dass für Francis Durbridge der seither auf viele andere TV-Ereignisse ausgedehnte Begriff ‚Straßenfeger‘ erfunden wurde. Bekannt sind die leeren Straßen und Kneipen, die Kinos, Theater und Restaurants ohne Besucher und die Verschiebungen von Volkshochschulkursen und Kirchenveranstaltungen, wenn ein Durbridge-Krimi im Fernsehen lief – von vertagten Sitzungen (sogar im Bundestag!) ganz abgesehen.

Bei diesem Erfolg wollten natürlich auch andere Medien mitmischen. So gelang es etwa einem deutschen Theaterproduzenten, Durbridge ein Stück abzukaufen (*Wettlauf mit der Uhr*) und ihn damit fast zehn Jahre eher auf die Bühne zu bringen, als in seiner eigenen Heimat.

Natürlich erkannten auch Zeitschriften die Chance, ihre Auflagen zu erhöhen, wenn sie einen Fortsetzungskrimi von Durbridge abdruckten.

Der Meister der feindosierten Spannung, wie der Autor oft genannt wurde, nutzte diese Gelegenheit gerne, um bereits in Großbritannien erschienene Fortsetzungsgeschichten dem deutschen Publikum zu servieren.

Da Francis Durbridge jedoch ein außerordentlicher Perfektionist war und sich niemals damit begnügte, etwas Altes einfach als Neues zu verkaufen, nutzte er diese Gelegenheit, um diese »alten Geschichten« zu überarbeiten. Häufig kam es zu Namensänderungen, in einem Fall sogar zur Einführung eines neuen Täters.

Auch im Falle von *Die gelbe Windmühle*, ein Roman der im Winter 1965/1966 (Ausgabe Nr. 47/1965 (20.11.1965–26.11.1965)) bis Ausgabe Nr. 5/1966 (29.01.1966–04.02.1966)) in der *Bild und Funk* erschien, liegt eine englische Fassung zugrunde. Diese schrieb Durbridge bereits 1954 für den *Sunday Dispatch*. Die elf Jahre später erschienene deutsche Fassung weist jedoch einige Unterschiede auf, vor allem am Beginn. Mehr dazu im Nachwort, wo sie auch die ersten Absätze der englischen Originalfassung in meiner deutschen Übersetzung lesen können, um zu sehen, wie viel Durbridge überarbeitet hat.

Die *Bild und Funk* zog die Veröffentlichung des Durbridge-Elfteilers groß auf. Mit Floskeln wie »Millionen Fernseher hielten den Atem an! Jetzt auch in BILD UND FUNK der packende Krimi von Francis Durbridge« bewarb sie den Krimi wirkungsvoll.

Gleichzeitig erwartete die Leserschaft ein nie da gewesenes Gewinnspiel mit zahllosen großartigen Preisen.

Mit folgender Aktion wurden die Leserinnen und Leser aufgefordert, daran teilzunehmen:

Wer entführte Susan Kelford?
Spielen Sie Detektiv! Machen Sie mit!
Kommen Sie Durbridge auf die Schliche, der uns mit
dem neuen Kriminalroman
DIE GELBE WINDMÜHLE
auf die Folter spannt.
Sagen Sie es auch Ihrem Nachbarn
– Erzählen Sie es jedem:
Es lohnt sich den Entführer zu finden!

Die erfolgreichen Detektive, die die richtige Lösung errieten, konnten wertvolle Preise wie 20 Fernsehgeräte, 25 Rundfunkapparate, 30 Plattenspieler, 100 kostbare Bildbände und 750 Schallplatten mit Freddy-Quinn-Songs gewinnen. Der Gesamtwert der Preise summierte sich auf über 40.000 D-Mark.

Um den Roman optisch attraktiv zu gestalten, wurden auch einige Szenen daraus zeichnerisch umgesetzt. Am Beginn jeder Folge gab es eine ausführliche Zusammenfassung mit Aufzählung der Verdächtigen, ihrer Motive und ihrer Verhaltensweisen.

Nach drei Episoden veröffentlichte die Zeitschrift Fotos von eifrigen Durbridge-Detektiven, die ihre Meinung darüber abgaben, wer der Täter sei. Ganze Betriebe bemühten sich darum, dem Mörder und Entführer auf die Spur zu kommen.

Die *Bild und Funk* titelte nun: »Sensationeller BILD UND FUNK-Erfolg! Durbridge-Fieber überall« und schrieb weiter: »In den Betrieben, auf den Straßen, beim Bäcker, in der Bahn – überall ist Durbridge mal wieder im Gespräch. Heiß diskutiert man den neuen Roman *Die gelbe Windmühle*. So viele Amateurdetektive wie zur

Zeit hat es noch nie gegeben! [...] Hochspannungsdramatiker Durbridge verwirrt seine Leser. Dennoch glauben nicht wenige, ihm schon auf die Schliche gekommen zu sein. [...] Durbridge hat es wieder mal geschafft, die Menschen auf die Folter zu spannen. Nur mit einem Unterschied: Beim Fernsehkrimi waren die Straßen menschenleer. Bei unserem Roman füllen sich die Plätze mit diskutierenden Detektiven.«

Erst nach der sechsten Folge wurde den gespannten Leserinnen und Lesern eine Adresse genannt, an die sie eine einfache Postkarte mit dem Namen des Täters schicken konnten. Einsendeschluss war der 31. Dezember 1965, 24 Uhr (es galt der Poststempel).

Die gelbe Windmühle erschien nur ein einziges Mal als Fortsetzungsgeschichte und kommt mit dieser Ausgabe erstmals als vollständiges Buch auf den deutschen Markt. Durbridge-Fans werden hocherfreut sein, denn der Roman bietet alles, was Liebhaberinnen und Liebhaber des britischen Autors so mögen: unzählige Drehungen und Wendungen, einen mysteriösen Gegenstand, viele Verdächtige, typische Überraschungen und natürlich atemberaubende Cliffhanger! Spannende Unterhaltung bei der Lektüre dieses völlig zu Unrecht vergessenen und in der Versenkung verschwundenen Durbridge-Juwels!

Francis Durbridge
DIE GELBE WINDMÜHLE

Die gelbe Windmühle
Die handelnden Personen

Mike Houston	Detektivinspektor bei Scotland Yard
Sir Cedric Kelford	Witwer, Multimillionär, Präsident der Londoner Central Bank
Rona Houston	Mike Houstons Tochter, junge Schauspielerin
Dennis Houston	Mike Houstons Sohn, arbeitet in der Bank von Sir Cedric
Carl Knight	junger Dramatiker
Mary Latimer	eine ziemlich auffällige, undurchsichtige Erscheinung
Bob Harridge	Angestellter in Sir Cedrics Bank
Dr. Spedro	Leiter eines Pflegeheims, prominenter Arzt
Margarita Spedro	Ehefrau Dr. Spedros
Inspektor Loman	Mike Houstons Kollege
Gerald Elder	Superintendent, Mike Houstons Vorgesetzter
Nobbler Williams	alter Bekannter Inspektor Houstons aus der Unterwelt
Susan Kelford	Sir Cedrics vierjährige Tochter
Terry Smith	Regisseur
Len Milford	Farmer
O'Donovan	Kriminalsergeant
Finger Philipps	Taschendieb
George Walters	Ladenbesitzer
Mary Smith	Kindermädchen

Der Roman spielt in London im Jahr 1954.

1

Da war das Kind. »Stopp hier!« Der Fahrer gehorchte. Der Mann neben ihm hatte das Fenster heruntergekurbelt. Er blickte über die Rasenflache hinein in den Park. Er sah nur das rote Mäntelchen und das kastanienbraune Haar darüber und die kleine Hand, die nach einem schwarzen Pudel hastete, der schweifwedelnd still hielt, um sich kraulen zu lassen. Das musste sie sein. Susan. Er kannte Mary Smiths Gewohnheiten genau. Um diese Zeit saß sie immer auf einer Bank am Eingang zum Regent's Park und ließ Susan auf dem Rasen spielen. Er zog seinen Hut tiefer in die Stirn, ehe er die Tür der Limousine öffnete und ausstieg. Sein Gesicht lag im Schatten der Krampe. Niemand, der ihm nicht ganz nahe kam, würde ihn erkennen. Schnell blickte er nach links und rechts. Dieser Teil des Parks war fast leer. Kein Mensch in der Nähe, außer denen, die er suchte. Die milde Sonne dieses Herbsttages war hinter den Dächern versunken, in wenigen Minuten würde es zu dämmern beginnen. Er musste sich beeilen. Doch er ging langsam, als er auf das kleine Mädchen zuschritt. Die linke Hand hielt er auf dem Rücken. Die Hand mit der Windmühle.

Es war tatsachlich eine Windmühle. Aus Holz geschnitzt, etwa dreißig Zentimeter hoch und gelb gestrichen. Solide Arbeit nicht von der Art, wie sie in Andenkenbuden verkauft wird. Ihre Flügel drehten sich, wenn man sie leicht antippte oder dagegen blies. Gerade das richtige Mittel für den Zweck, zu dem er sie ausgesucht hatte. Das Laub unter seinen Schuhen raschelte.

Das Kind hörte es und drehte sich zu ihm um. Es erschrak nicht. Arglos sah es ihn an, fragend, mit großen

Augen.

Er produzierte ein Lächeln, beugte sich vor und zeigte auf den Hund.

»Ist das deiner, Susan?«

Die Kleine schüttelte den Kopf und ließ den Pudel los. Der Mann hockte sich nieder und zog die Hand hinter dem Rücken hervor. »Schau mal, was ich für dich habe...«

Mary Smith saß auf ihrer Stammbank und las einen Brief von ihrem Bruder. Er hatte lange nichts mehr von sich hören lassen und teilte ihr nun mit, wie sehr er sich darüber freue, dass sie eine so gute Stellung im Haus von Sir Cedric Kelford bekommen habe. Die Anerkennung, wenn sie auch verspätet kam, erfüllte sie mit Stolz. Vor einem Jahr, nach dem Tod seiner Frau, hatte sie der Bankpräsident zur Betreuung seiner kleinen Tochter engagiert. Susan war jetzt vier, ein niedliches Kind, zutraulich und leicht erziehbar.

Sie hörte das kleine Mädchen rufen und ließ den Brief sinken. Susan kam auf sie zugerannt. »Schau mal!« Sie hielt eine gelbe Windmühle mit beiden Händen über sich in die Höhe, die Flügel drehten sich.

Mary Smith lächelte und nickte. Es kam oft vor, dass die Kleine von den vielen zufällig vorbeikommenden Bekannten Geschenke erhielt. Dieses schien sie ganz besonders zu entzücken.

»Mir ist so warm«, sagte die Kleine, setzte die Windmühle ab und begann ihr Mäntelchen auszuziehen.

»Aber es ist schon kühl«, protestierte Mary. »Du wirst dich erkälten!« Susan hörte nicht auf sie. Sie warf den Mantel auf die Bank, nahm die Windmühle. Mary versenkte den Blick wieder in den Brief, und Susan lief davon, quer über den Rasen, zu dem Auto, das am Straßenrand parkte. Der Mann stand davor. Er sah sich noch einmal schnell nach allen Seiten um, dann rief er Susan etwas zu. Sie lief zu ihm hin. Der Fahrer hatte die Tür geöffnet und klappte die Rückenlehne des Beifahrersitzes nach vorn. Blitzschnell packte der Mann das Kind und riss es hoch. Die Windmühle entfiel ihrer Hand, zu Boden. Susan sträubte sich. Ehe sie anfangen konnte zu schreien, warf der Mann sie auf den Rücksitz, seine linke Hand fuhr hastig in die Tasche, zog etwas hervor.

Susans Schrei erstickte unter dem chloroformierten Tuch, das er auf ihr Gesicht presste. Schnell hob er die gelbe Windmühle auf, stieg ins Auto, zog die Tür zu. Der Fahrer gab Gas.

Die Tür wurde aufgerissen, und ein Mann stürzte herein. Mike Houston erkannte ihn sofort. Er hatte sein Bild unzählige Male in den Gesellschaftsspalten der Londoner Zeitungen gesehen: Sir Cedric Kelford.

Jetzt war Kelfords Gesicht blass und wirkte verfallen.

»Wie konnte so etwas passieren, mitten in London, Inspektor...«, stieß er hervor.

Houston hatte sich hinter seinem Schreibtisch erhoben und verbeugte sich. Er deutete auf den Besuchersessel.

»Ich kann mich jetzt nicht setzen, Inspektor... Verzeihen Sie, ich habe vorhin am Telefon Ihren Namen nicht genau verstanden«, sagte Kelford, immer noch aufgeregt, aber schon darum bemüht, seine sonstige würdevolle Haltung wiederzugewinnen.

»Houston«, sagte der Inspektor. »Ich danke Ihnen, dass Sie sofort zu uns nach Scotland Yard gekommen sind. Ich hielt es für das beste, Sie hierherzubitten, um keine Zeit zu verlieren. Ihr Kindermädchen war so klug, sich sofort an uns zu wenden.«

»Mary! Wo ist sie?«

»Nebenan«, sagte Houston ruhig. »Mein Kollege

Loman und ich haben sie eine Stunde lang verhört. Allerdings ohne ein brauchbares Ergebnis.«

»Aber sie muss doch irgendetwas bemerkt haben!«, rief Kelford. »Sie hat doch sonst immer so gut auf Susan...« Ihm versagte die Stimme. Er fuhr sich mit gespreizten Fingern durch sein dunkles Haar, das an den Schläfen schon grau zu werden begann.

»Wollen Sie sich nicht doch lieber setzen, Sir?«, fragte der Inspektor.

Kelford nickte und sank auf den Stuhl vor dem Schreibtisch. Er vergrub das Gesicht in den Händen.

Houston schwieg.

Als Kelford den Kopf wieder hob, zeigten seine Gesichtszüge eine künstliche, steinerne Ruhe. Nur seine Kiefermuskeln mahlten und zeigten an, wie erregt er immer noch war. Seine Augen glänzten feucht.

»Entschuldigen Sie, Inspektor«, sagte er, »dass ich mich so habe gehen lassen. Aber Susan« – er schluckte – »ist mein einzige Kind. Alles, was mir geblieben ist, seit meine Frau...«

Houston nickte. »Ich weiß«, sagte er. »Und verlassen Sie sich darauf, wir werden alles tun, um sie zu finden. Eine Menge unserer Leute sind dabei, den Park abzusuchen. Ich weiß nicht, ob etwas dabei herauskommt. Aber dort ist es passiert. Dort müssen wir beginnen.«

»Ja«, sagte Kelford. »Aber mir will einfach nicht in den Kopf, dass Mary nichts, aber auch gar nichts gesehen haben soll. Ich meine...«

Houston zuckte die Schultern. »Fragen Sie sie selbst!« Er griff zum Telefon und sprach ein paar Worte hinein.

Zwei Minuten später stand Mary Smith auf der Schwelle.

Als sie Kelford sah, weiteten sich ihre Augen. Dann ließ sie den Kopf hängen und begann hemmungslos zu schluchzen.

Der Mann, der hinter ihr im Korridor gestanden hatte, schob sie sanft ins Zimmer, trat ein und schloss die Tür.

»Inspektor Loman, Sir«, stellte Houston ihn vor. Seine Worte gingen in Marys Weinen unter.

»Aber so beruhigen Sie sich doch, Mary!«, sagte Kelford. »Ich mache Ihnen ja keinen Vorwurf. Obwohl ich sagen muss, dass Sie...« Er unterbrach sich. »Ach, was hat das alles für einen Sinn.«

Er zog das weiße Tuch aus seiner Brusttasche und hielt es ihr hin. Sie nahm es, ohne den Blick zu heben, fuhr sich damit über die Augen und zerknüllte es zwischen den Fingern.

»Wir haben Sie zwar schon alles Erdenkliche gefragt, Miss Smith«, sagte Houston, nachdem sich alle gesetzt hatten. »Aber vielleicht sollten Sie es Sir Cedric noch einmal erzählen.«

Stockend berichtete Mary, immer wieder von Schluchzen unterbrochen. »Mein Gott«, sagte sie schließlich leise. »Das arme Kind! Wenn ich daran denke, wie vergnügt sie war, als sie auf mich zugelaufen kam und mir die kleine gelbe Windmühle zeigte...«

Houston hob den Kopf und warf einen Blick zu Loman, der Mary überrascht ansah. »Welche Windmühle, Miss Smith? Davon haben Sie uns bisher nichts erzählt!«

»Ich muss es in der Aufregung vergessen haben.« Viel konnte sie nicht berichten.

»Eine gelbe Windmühle«, murmelte Inspektor Houston nachdenklich. »Können Sie sich daraufhin irgendetwas zusammenreimen, Sir Cedric?«

Kelford schüttelte den Kopf.

»Ich glaube, wir dürfen annehmen, dass die Windmühle das Mittel war, mit der die Person, die Susan entführte, das Kind an sich lockte«, sagte Inspektor Loman. »Aber ich sehe nicht, wie uns das weiterbringen könnte.«

Sir Cedric Kelford stand auf.

»Kommen Sie, Mary!« Seine Stimme war kraftlos. »Wir fahren nach Hause.«

»Einen Moment noch, Sir«, sagte Houston, ehe Kelford hinter Mary Smith das Zimmer verließ. »Haben Sie Feinde?«

Kelford zog eine Augenbraue hoch. »Natürlich. Zeigen Sie mir den erfolgreichen Mann, der keine Feinde hat! Geschäftlich, meine ich. Aber einen, der mir so etwas antun würde – nein.«

Houston schloss hinter ihm die Tür und wandte sich zu seinem Kollegen, der im Zimmer zurückgeblieben war. »Reichlich mysteriöse Angelegenheit, Loman. Finden Sie nicht?«

Loman betrachtete Houston mit schiefgelegtem Kopf, als ob er ihn zum ersten Mal richtig sähe. Das harte Gesicht unter dem dunklen Haar, das schon von grauen Schlieren durchzogen war. Das schmale Bärtchen, das ausgeprägte Kinn. Es war ein gutes, vertrauenserweckendes Gesicht. Nur in den Augen, dachte Loman, stand manchmal, so wie jetzt, ein Ausdruck der nicht zu diesem Gesicht passte. Loman nannte ihn romantisch.

»Jetzt sind Sie siebenundvierzig, Mike, und seit zig Jahren in diesem Beruf. Sie wissen, die Kette der Verbrechen wird nie enden, und wir stehen jeden Tag wieder am Anfang. Was wir einzusetzen haben, ist unser bisschen Grips und unsere Erfahrung und, wenn es darauf ankommt, unsere Knochen. Ich weiß nicht, was Sie dazu getrieben hat, ein Verbrecherjäger zu werden. Für mich ist es ein Job, so gut oder mies, wie jeder andere. Für mich gibt es keine mysteriösen Fälle. Nur geklärte und ungeklärte, und selbst für die gibt es letztlich eine

18

natürliche Erklärung. Zwei und zwei ist immer noch vier.«

»Hören Sie Loman«, sagte Mike Houston. »Sie müssen sich eine andere Rechnungsart zulegen. Wann werden Sie endlich begreifen, dass die Verbrecher immer versuchen, fünf rauszukriegen?«

Loman blickte ihn verblüfft an. »Kommen Sie, Mike«, sagte er schließlich. »Nehmen Sie Ihren Mantel. Wir wollen sehen, ob unsere Leute im Regent's Park etwas gefunden haben.«

Kriminalsuperintendent Gerald Elder lehnte sich in seinen Armstuhl zurück und warf einen Blick aus dem Fenster seines Dienstzimmers in Scotland Yard. »Drei Tage sind jetzt seit der Entführung von Susan Kelford vergangen«, sagte er. In seinem Ton schwang kein Vorwurf mit, als er die Frage stellte: »Und Sie haben alle Spuren verfolgt?«

»Spuren ist gut«, erwiderte Inspektor Houston. »Wenn wir welche hätten, wäre uns wohler.« Er malte mit dem Kugelschreiber auf das oberste Blatt seines Notizblocks.

»Und aus dem Kindermädchen haben Sie auch nichts mehr herausbekommen?«

Houstons Kollege Loman übernahm die Antwort. »Das arme Ding ist jetzt noch einem Nervenzusammenbruch nahe. Sir Cedric Kelford hat sich ihr gegenüber verdammt anständig verhalten. Er hat sogar versucht, sie zu trösten. Ich hätte ihr was anderes geflüstert, der dummen Gans. Wozu war sie denn da, wenn nicht dazu, auf das Kind aufzupassen!«

Elder ging nicht auf Lomans kritische Worte ein. »Sind Sie sicher«, wandte er sich an Houston, »dass Kelford nicht mittlerweile einen Erpresserbrief bekommen hat oder etwas in dieser Art?«

»Er hat nichts davon erwähnt, Sir.«

»Ich nehme an, ein solcher Brief müsste mit der Post gekommen sein«, sagte der Superintendent nachdenklich. »Die Schwierigkeit ist nur – Kelford hat eine ganze Reihe von Adressen, wie Sie wissen. Er ist ja nicht nur Bankpräsident, sondern auch Direktor verschiedener Firmen.«

Houston nickte. »Und selbst, wenn ein Erpresser mit ihm Verbindung aufgenommen haben sollte – für Kelford wird es sicherlich eine große Versuchung, die geforderte Summe zu bezahlen und der Polizei nichts davon zu sagen. Aus Angst, unser Eingreifen könnte sein Kind gefährden.«

»Na, in dem Falle würde er aber nicht zweimal täglich den stellvertretenden Chef von Scotland Yard anrufen, wie er es tut«, wandte Loman ein. »Sir Cedric ist ein großer Mann. Er hat erstklassige Verbindungen zu den höchsten Stellen. Ich habe das Gefühl, wenn wir nicht bald mit Ergebnissen aufwarten, kann er ziemlich ungemütlich werden.«

Mike Houston hob die Hände und ließ sie wieder fallen. »Aber ich wüsste nicht, was wir noch tun könnten. Wir haben den Regent's Park und den Kanal absuchen lassen – nichts. Wir haben jeden ausgequetscht, der in der Nähe der Stelle wohnt, wo es passiert ist – nichts. Wir haben jeden Halunken überprüft, der jemals in eine Kidnapper-Affäre verwickelt war – nichts. Fernsehen und Rundfunk haben zweimal Suchmeldungen gebracht, die Presse hilft uns – nichts. Nicht die geringste Spur. Das Kind ist in den Park gelaufen und verschwunden. Das ist alles. Mehr wissen wir nicht. Kein Punkt, an dem wir ansetzen könnten. Es ist zum Verrücktwerden!«

Er zuckte die Schultern. »Könnte es eines von diesen verdrehten Weibern gewesen sein, die kleine Kinder stehlen, weil sie sich so einsam fühlen und unter unerfüllten Muttersehnsüchten leiden? Das würde immerhin erklären, dass kein Erpresserbrief gekommen ist. Aber auch in diesem Falle...«

»Solche Fälle hat es ja schon gegeben. Aber...«, Superintendent Elder seufzte. »Also wir haben nichts Positives zu berichten, wenn Kelford wieder anruft.« Er begann sein Pfeife zu stopfen. Houston und Loman sahen, dass er den Tabak viel zu fest zusammenpresste. Sie kannten dieses Zeichen. Ihr Chef war unzufrieden und wütend, ohne es durch ein Wort zu verraten.

»Mir tut Kelford auch leid«, fing Houston wieder an. »Das ist der Grund dafür, warum ich Tag und Nacht an diesem Fall arbeite. Ich habe mich in seine Lage versetzt. Wenn ich daran denke, wie mir zumute gewesen wäre, wenn einem meiner Kinder so etwas zugestoßen wäre, als sie in dem Alter waren...« Er ballte die Fäuste.

»Wie geht's übrigens ihren beiden?«, fragte Superintendent Elder, um seinen Mitarbeiter abzulenken und zu beruhigen.

Houstons Gesicht hellte sich auf. Er war Witwer und ziemlich verschlossen. Im Dienst redete er kaum ein privates Wort. Aber wenn man ihn auf seinen Sohn und seine Tochter ansprach...

»Dennis kommt in seinem Beruf gut voran. Sie wissen, er arbeitet bei der Central Bank.«

»Ist das nicht die Bank, deren Präsident Sir Cedric Kelford...« Sofort drängte sich dem Superintendenten wieder der Gedanke an den Fall auf, den sie zu klären hatten.

Houston bestätigte es.

»Und ihre Tochter?«, erkundigte sich Elder weiter. »Wollte sie nicht zum Theater gehen?«

»Ja, und auch sie macht ihren Weg«, sagte Houston stolz. »Sehen Sie mal!« Er griff in seine Brusttasche, zog einen Zeitungsausschnitt heraus und reichte ihn Elder hinüber.

»Erst zweiundzwanzig und spielt schon die Hauptrolle in einem Fernsehspiel«, las Elder laut. »Alle Achtung!«, fügte er hinzu.

»Am Sonntag wird es gesendet«, sagte Houston.

»Das werde ich mir ansehen«, verkündete sein Vorgesetzter. »Da fällt mir ein – ist sie nicht sogar mit dem Autor des Stücks verlobt?«

»Das ist ein bisschen übertrieben«, wehrte Houston hastig ab. »Obwohl sie gute Freunde sind.«

Elder lächelte. »Ich merke schon, Sie mögen diesen Knight nicht besonders, oder? Will Ihnen Ihre einzige Tochter rauben...«

Auch Houston versuchte zu lächeln. Es gelang ihm nicht ganz. »Ich habe nichts gegen ihn. Er scheint ein ganz tüchtiger Bursche zu sein in seinem Fach.«

»Na, auch davon werden wir uns am Sonntag überzeugen können, was Loman?«

»Bin auch sehr gespannt, Sir«, erklärte Loman.

»So, Herrschaften«, Elder wurde wieder ernst, »jetzt wollen wir nochmal gemeinsam alle Berichte unserer Leute über den Fall Susan Kelford durchkämmen. Vielleicht finden wir doch einen winzigen Ansatzpunkt.«

Die drei Männer arbeiteten schweigend. Plötzlich klopfte es an der Tür, und ein uniformierter Sergeant trat ein. »Ein Päckchen für Inspektor Houston, Sir«, meldete er. »Durch Eilboten soeben eingegangen.«

Während der Beamte das Zimmer verließ, betrachtete Houston das kleine Paket. Es war mit brauner Kordel verschnürt. Der Absender hatte es in Blockbuchstaben an Houston persönlich adressiert. Er öffnete es.

Aus dem Packpapier kam ein Pappkarton zum Vorschein. Auf dem Deckel lag ein kleiner Zettel.

Houston überflog die kritzelige Bleistiftschrift. »Hören Sie!«, sagte er erregt und las vor: »Ich kann Ihnen einen Tipp im Kelford-Fall geben. An dem, was dieses Päckchen enthält, werden Sie sehen, dass ich weiß, wovon ich rede. Treffen Sie mich in ›Skipper's Haunt‹ in Chatham am Sonntag um sieben Uhr abends.« Unterschrieben war der Brief mit ,Nobbler Williams'.

Houston warf den Zettel beiseite und riss den Karton auf. Die drei Männer starrten hinein.

»Das ist doch...«

Es war eine kleine gelbe Windmühle.

Eine kleine gelbe Windmühle. Ein hübsches Spielzeug. Und doch – sie hatte einem gewissenlosen Verbrecher dazu gedient, ein Kind an sich zu locken und zu entführen. Mike Houston und die beiden anderen hatten die Windmühle gründlich untersucht, aber keine weiteren Hinweise gefunden.

Houston stellte sie auf den Schreibtisch zurück. »Nobbler Williams«, murmelte er.

»Jetzt unterschreiben solche Kerle schon mit den Spitznamen, die sie in der Unterwelt führen«, knurrte Superintendent Elder.

»Ja«, sagte Houston. »Nobbler – der ›Mopser‹. Ein Gelegenheitsdieb. Ab und zu beteiligt er sich auch mal an einer größeren Sache. Ich kenne ihn. War mal in einen Bankraub in Hammersmith verwickelt. Bekam zwei Monate wegen Beteiligung. Wurde vorzeitig entlassen wegen guter Führung. Seitdem habe ich nichts Nachteiliges mehr über ihn gehört. Ich glaube, er arbeitet jetzt auf irgendeinem Küstendampfer als Kohlentrimmer.«

»Das würde erklären, warum sie ihn Chatham treffen sollen«, meinte Elder.

»Sollen wir die Kollegen in Chatham vorher unterrichten?«, wollte Houston wissen.

Elder schüttelte den Kopf. »Nehmen Sie die Sache allein in die Hand! Wir können uns mit den Kollegen dort immer noch verständigen.«

»In Ordnung, Sir. Aber ich werde Loman mitnehmen. Für alle Fälle.«

Houston griff nach der Windmühle.

»Jetzt aber werde ich mir erst noch einmal dieses Kindermädchen vorknöpfen.«

An diesem Abend kam Inspektor Mike Houston erst nach neun Uhr nach Hause. Trotzdem empfing ihn sein Sohn Dennis mit dem Ausruf: »Du bist schon da, Dad?«

Houston wusste, es war nicht ironisch gemeint. Seit der Fall Susan Kelford ihn beschäftigte, war er fast ununterbrochen unterwegs gewesen. In den letzten Nächten hatte er nie länger als fünf Stunden geschlafen.

Mary Smith war beim Anblick der gelben Windmühle wieder in Tränen ausgebrochen. Das war das einzige Ergebnis seines Besuches geblieben. Dennoch war das Gefühl, all seine Bemühungen seien aussichtslos, von ihm gewichen. Das Treffen mit Nobbler Williams würde ihn der Lösung des Falles näher bringen.

Schweigend legte er Hut und Mantel ab und ging ins Wohnzimmer. Dennis legte die Illustrierte weg, in der er gelesen hatte. »Wie steht's mit dem Kelford-Fall, Vater. Irgendwas Neues?«

Mike Houston griff nach seiner Pfeife und füllte sie. »Du weißt, dass ich grundsätzlich nicht aus der Schule plaudere.« Er schob das Mundstück zwischen die Zähne.

»Aber es ist doch schon Tage her, dass das arme Kind entführt wurde. Die Polizei muss doch irgendetwas tun!«

»Sie tut durchaus was!«, erwiderte Houston scharf. »Das wenigstens kann ich sagen.«

»Tut mir leid, Vater. Es war nicht so gemeint. Aber du musst mich verstehen – die Kleine ist schließlich die Tochter meines obersten Chefs.«

»Schon gut«, brummte Houston.

»Aber wir wollen hier nicht über die Angelegenheiten der Polizei diskutieren. Ich frage dich ja auch nicht nach den Bankgeheimnissen eurer Kunden.«

Stumm griff Dennis wieder nach einer Zeitung. Houston stieß dunkle Qualmwolken aus und betrachtete seinen Sohn. Gewelltes dunkles Haar, ein schmales glattes Gesicht, das irgendwie unfertig wirkte. Die lebhaften braunen Augen, die Houston immer an seine verstorbene Frau erinnerten. Der Junge hat neuerdings eine Art, die mir nicht gefällt, dachte Houston. Aber er ist ja noch jung, erst vierundzwanzig. Doch was weiß ich eigentlich von ihm – wirklich? Dass er mein Sohn ist ja. Aber sonst...

Es war nicht das erste Mal, dass Mike Houston über seine Kinder und sein Verhältnis zu ihnen nachgrübelte. Sein Beruf ließ ihm wenig Zelt, sich um sie zu kümmern. Zu wenig. Er wusste es, und dieses Wissen erfüllte ihn mit einem gewissen Schuldgefühl. Aber was kann ich daran ändern, dachte er. Dieser Beruf frisst mich auf.

Er hörte die Wohnungstür und hob den Kopf. Rona trat ins Zimmer. Sie zog die Kappe vom Kopf und schüttelte ihr blondes Haar, beugte sich zu ihm nieder und küsste ihn aufs Ohr. Ihre Wangen waren von der frischen Luft gerötet.

Mike Houston musterte sie stolz. »Schick siehst du aus in deinem neuen Kostüm.« Rona lachte. »Vielen Dank, Dad. Darauf kann ich mir was einbilden, dass du das bemerkt hast.«

Houston drohte ihr mit dem Pfeifenstiel. Seine gute Laune war wiederhergestellt. Rona lief hinaus, um sich zu kämmen, kam wieder herein und ließ sich in einen Sessel fallen.

»Zehn Stunden Probe. Nichts als Probe! Immer noch mal von vorn! Carl macht uns alle verrückt mit seinen ständigen Änderungen im Manuskript. Wenn er den Text weiter so umkrempelt, wird es ein ganz anderes Stück.«

»Tja«, sagte Dennis betont seriös, »du wolltest ja unbedingt Schauspielerin werden...«

Rona warf einen schnellen Blick zu ihrem Vater hinüber und lächelte. Mike Houston hatte lange Zeit versucht, seiner Tochter ihre schauspielerischen Ambitionen auszureden. Sie hatte sich durchgesetzt. Jetzt, da sie Erfolg hatte, war niemand stolzer auf sie, als er.

»Und wie kommt ihr mit der Arbeit voran?«, erkundigte sich Dennis. »Schreibt Carl tatsächlich während der Proben das Stück um?«

Rona schüttelte den Kopf. »Dann ginge es ja noch. Jedenfalls wäre es nicht so zeitraubend. Aber nein, er besteht darauf, die Änderungen nur in seiner Wohnung vorzunehmen. In einer anderen Atmosphäre kann er nicht arbeiten, der große Meister. Er müsse dabei allein sein, behauptet er.«

»Nun lass mal gut sein«, sagte Mike Houston. »Je besser das Stück, desto besser für dich. Schließlich schalten am Sonntagabend Millionen ihr Fernsehgerät ein.«

»Erinnere mich nicht daran! Millionen, ja. Millionen Menschen, die den kleinsten Fehler bemerken.« Rona schüttelte sich.

Houston klopfte ihr auf die Schulter. »Nur kein Lampenfieber! Du wirst deine Sache schon gut machen.«

Dennis verließ das Zimmer. »Ich muss noch ein bisschen für meinen Fortbildungskursus büffeln.« Houston wartete, bis sein Sohn die Tür hinter sich geschlossen hatte.

»Sag mal, Rona – wie ist das eigentlich zwischen dir und Carl Knight, ich meine, seid ihr so gut wie verlobt?«

Rona zögerte einen Moment.

»Magst du Carl nicht, Vater?«

Houston runzelte die Stirn. »Ich – Ich finde ihn ein wenig theatralisch.«

Rona lachte. »Aber das sind wir Theaterleute doch alle! Oder jedenfalls erscheinen wir anderen so.«

»Du hast meine Frage nicht beantwortet, Rona.«

Sie streckte ihm ihre linke Hand entgegen. Sie trug keinen Ring.

»Zufrieden?«

»Du weißt so gut wie ich, dass es nicht auf einen Ring ankommt«, sagte Houston ernst. »Ich denke, du verstehst mich.«

»Dass ihr Polizisten doch immer gleich an das Schlimmste denkt!«

Sie lächelte wieder. »Aber wenn es dich beruhigt, Vater, wir sind viel zu sehr mit dem Stück beschäftigt, als dass wir für andere Dinge Zeit und Sinn hätten.«

Sie legte ihren Kopf an seine Schulter. »Willst du nicht am Sonntagabend mit ins Studio kommen, Vater, und dir dort die Sendung ansehen? Es würde mich so beruhigen, wenn du in meiner Nähe wärst.«

Er nahm ihre Hand und streichelte sie.

»Ich würde so gern kommen, Kind. Aber ich habe zu tun. Gerade am Sonntagabend.«

Mike Houston hatte sich doch entschieden, seine Kollegen in Chatham zu Rate zu ziehen. Schon am Nachmittag war er mit Inspektor Loman in der Hafenstadt, 50 Kilometer östlich von London, eingetroffen. Aber das einzige, was die Kriminalisten von Chatham für die beiden Detektive von Scotland Yard tun konnten, war, dass sie ihnen den Weg zu dem Lokal zeigten, das Nobbler Williams als Treffpunkt angegeben hatte: ›The Skipper's Haunt‹ (›Des Schiffers Schlupfwinkel‹).

Es war eine kleine, spärliche Kneipe mit abgenutztem Mobiliar und dem üblichen Segelschiff in der Flasche über der Theke. Das Publikum schien größtenteils aus Seeleuten zu bestehen, die sich laut miteinander unterhielten und immer noch eins tranken. Ein harmloses Schifferlokal, wie unzählige in England, dachte Houston, nachdem er sich umgesehen hatte.

Er und Loman bestellten Bier und stellten sich an die Theke in die Nähe des Fensters. Sie sprachen über das Fernsehspiel, in dem Rona an diesem Abend auftreten sollte, und sahen dabei hinaus auf die Straße.

Die Uhr im Hintergrund des Raumes schlug sieben. »Jetzt müsste er bald kommen«, flüsterte Loman.

»Da ist er schon«, sagte Houston leise und stieß ihn leicht mit dem Ellenbogen an.

Auf der anderen Straßenseite ging langsam ein Mann. Die beiden Detektive konnten sein Gesicht nicht deutlich sehen. Aber Houston hatte Nobbler Williams sofort wiedererkannt. Jede Eigenart eines seiner »Klienten«, prägte sich Houston unauslöschlich ein.

Nobbler Williams trug, wie immer, einen Mantel, der ihm zwei Nummern zu groß war und schlaff an seiner Gestalt herunterhing. Den Hut hatte er sehr schräg aufgesetzt und die Krempe tief über das rechte Auge heruntergebogen.

Er ging, die Hände in den Taschen vergraben, offenbar ganz in Gedanken versunken.

»Aber der geht ja vorbei...«, zischte Houston überrascht.

Tatsächlich latschte Nobbler Williams auf dem gegenüberliegenden Bürgersteig zwanzig Meter weiter, sodass er für die beiden Detektive fast außer Sicht kam.

Plötzlich schwenkte er zur Fahrbahn, um sie zu überqueren.

Da sah Houston den Wagen. Als Williams den ers-

28

ten Schritt auf die Fahrbahn tat, war die große amerikanische Limousine noch zwanzig Meter entfernt. Dann aber wurde sie beschleunigt und raste los.

Williams sprang von der Fahrbahn zurück in Richtung Bürgersteig.

Houston sah, wie der Fahrer das Steuer herumriss. Der Wagen schoss auf Williams zu...

Ein Schrei drang dünn in die Kneipe. Ein Motor heulte auf.

Houston und Loman stürzten hinaus, rannten über die Straße, auf das dunkle Bündel zu, das leblos im Rinnstein lag.

Das Auto war verschwunden. Schnell sammelte sich eine Menge Neugieriger um die Stelle an der der Mann lag, der einmal Nobbler Williams gewesen war.

Houston kniete nieder. »Das ist nichts mehr zu machen, Loman...«

Jemand tippte Houston auf die Schulter. Als er sich aufrichtete, sah er einen uniformierten Polizisten. Houston erhob sich ganz und zog ihn beiseite. »Ich bin Inspektor Houston von Scotland Yard.«

»Ich habe die Nummer des Wagens, Sir«, meldete der Polizist und gab ihm einen Zettel. »Zufällig kam ich gerade dahinten an, als...«

»Gut«, sagte Houston. »Rufen Sie auf der Wache an und bestellen Sie einen Krankenwagen. Richtiger wäre ein Leichenwagen.«

Loman setzte sich ans Steuer, als sie nach London zurückfuhren. Houston schwieg und starrte auf die Straße.

»Verdammt«, presste er nach langer Zeit hervor. »Das das passieren muss, vor unseren Augen. Jetzt hatten wir endlich eine brauchbare Spur, und nun... Dieser Mord ist der beste Beweis dafür, dass Nobbler Williams wirklich etwas Wichtiges über den Fall Kelford gewusst hat. Nebenbei gesagt – tut mir leid um ihn. War zwar ein Gauner, aber einer von den amüsanten. Ach!« Er ballte ärgerlich die Faust und schlug sich damit aufs Knie.

»Haben Sie irgendwas von dem Burschen erkennen können, der den Wagen fuhr?«, fragte Loman.

»Nicht viel«, knurrte Houston. »Bei der Beleuchtung! Er trug einen Schal und hatte den Hut tief ins Gesicht gezogen. Das ist alles.«

Er schnaubte. »In dem Fall geht bisher aber auch alles schief. Setzen Sie mich in Dutney ab, Loman. Von dort nehme ich den Bus. Damit ich daheim bin, wenn meine Tochter aus dem Fernsehstudio zurückkommt. Wenigstens etwas Erfreuliches an diesem Tag.«

»In Ordnung«, sagte Loman. »Geben Sie mir den Zettel mit der Wagennummer. Ich werde sehen, was wir heute noch über die Sache herauskriegen können. Wenn, dann rufe ich Sie zu Hause an.«

Houston versank wieder in Schweigsamkeit. Die Art, wie der Mann am Steuer den Hut aufgesetzt hatte, der Schal...

Er versuchte, sich das Bild wieder zu vergegenwärtigen. Es erinnerte ihn an jemanden. Aber an wen? Als er an Rona dachte, fiel es ihm ein.

Der junge Mann, den seine Tochter in den letzten Woche ein paar Mal mit nach Hause gebrachte hatte – Carl Knight!

Houston verwarf seine Überlegung sofort wieder. Absurd. Was um Himmels willen hätte Carl Knight an diesem Abend in Chatham zu suchen gehabt? Ausgerechnet an diesem Abend, an dem sein Stück im Fernsehen gesendet wurde! Ganz klar, Knight würde es doch nicht versäumen, die Sendung seines eigenen Fernsehspiels anzusehen.

Ich bin überarbeitet, dachte Houston. Daran wird es liegen. So kommt man auf die verrücktesten Gedanken.

Er war nervös. Und unzufrieden. So unzufrieden wie noch nie.

Als sie sich abschminkte und die Spannung der letzten anderthalb Stunden langsam von ihr wich, fühlte sich Rona Houston glücklich. Sie hatte Erfolg gehabt, das wusste sie. Das Stück war vom Publikum mit großem Beifall aufgenommen worden. Die vielen begeisterten Anrufe noch während der Sendung bewiesen es. Zu dumm, diese Bildstörung kurz nach Beginn der Sendung. Der Regisseur war fast verzweifelt, als er die Meldung erhalten hatte. Aber das Publikum hatte sich damit abgefunden und weiter zugesehen. Und das war die Hauptsache. Millionen hatten gesehen, wie sie, Rona Houston, ihre erste Hauptrolle spielte!

Mavis Long, eine Kollegin, schaute zur Tür herein. »Wiedersehen, Rona! Du warst großartig, Liebling!«

»Danke. Aber sag mal – hast du eine Ahnung, wo Carl steckt?«

»Nein, Rona. Ich habe ihn den ganzen Abend nicht gesehen. Möglich, dass er da war und weggegangen ist, als die Bildstörung gleich am Anfang kam. Vielleicht war das zu viel für seine schwachen Nerven!«

Sie verschwand.

Als Rona das Studio verließ, traf sie Terry Smith, den Regisseur. »Was von Carl gehört?«, fragte er.

Sie schüttelte den Kopf.

»Na, wenn er weggegangen sein sollte, hat er sich sicher bald wieder gefangen und sich das Stück zu Hause angesehen oder was weiß ich wo. Er hätte wenigstens mal anrufen können. Meine Güte, es regnet schon wieder. Komm unter meinen Schirm, Rona, ich bring dich zum Bus.«

»Danke, Terry, aber ich werde eine Taxe nehmen.« Sie fragte in der Portierloge, ob Carl vielleicht inzwischen angerufen habe, aber der Pförtner verneinte.

»Mistwetter«, knurrte der Taxichauffeur, der sie zu Carl Knights Wohnung fuhr. »Es gießt in einer Tour. Schon seit Stunden. So, da wären wir. Wohnen Sie hier, oder soll ich warten?«

»Nein, danke. Fahren Sie nur.«

Rona läutete an Carl Knights Wohnung. Doch niemand öffnete. Sie wollte schon umkehren, als sie sah, dass das Licht in der Diele anging. Einen Augenblick später wurde die Tür geöffnet.

Carl stand vor ihr, in einem dunkelgrünen Morgenmantel. Sein schwarzes Haar war zerzaust, und er sah blass aus. »Ah, du bist's, Rona...«, sagte er nervös.

»Hast du jemanden anderen erwartet?«

»Nein, nein – nicht, dass ich wüsste.« Er zögerte einen Moment und sagte dann: »Aber komm doch herein, Liebling!«

Sie folgte ihm ins Wohnzimmer.

»Carl, du bist doch nicht... Ich meine, dir hat die Aufführung doch gefallen. Oder?«

Seine Gesichtsmuskeln spannten sich plötzlich. »Das Stück? Ja, ja. Selbstverständlich. Die Aufführung war großartig. Du warst wundervoll!«

»Und, du meinst, dass der Anfang...«

»Ausgezeichnet!«, unterbrach er sie. »Ganz ausgezeichnet!«

Ein Verdacht überfiel sie. Ganz plötzlich.

Carl hatte die Sendung gar nicht gesehen!

Ja, es konnte nicht anders sein. Ganz abgesehen davon, dass er offenbar nichts von dem technischen Zwischenfall am Anfang der Sendung wusste – er sagte auch nichts über die schauspielerischen Leistungen im einzelnen.

Rona war verwirrt. Seit Wochen hatten sie immer nur wieder über dieses Stück diskutiert, sich die Köpfe heißgeredet. Und nun... Nie wäre sie auf den Gedanken gekommen, an diesem Sonntagabend könnte für Carl Knight irgendetwas auf der Welt wichtiger sein, als die Sendung seines Stücks zu sehen.

Carl brach das unbehagliche Schweigen. »Einen Drink, Darling?«

Sie wich seinem Blick aus. »Nein, danke. Ich bin müde. Es war sehr anstrengend. Ich will nach Hause.«

Carl Knight nickte und fasste sie am Arm. Er zögerte einen Augenblick, als ob er etwas sagen wollte. Doch dann ließ er die Hand sinken und begleitete Rona zur Tür.

Auf ihrem Weg durch die lange Diele streifte Ronas Hand etwas Feuchtes. Es war Carls Regenmantel.

Seit Loman ihn in Putney an einer Bushaltestelle abgesetzt hatte, dachte Mike Houston unablässig über den Tod von Nobbler Williams nach. Er hatte versucht, den Gedanken daran zu verdrängen, wenigstens für diesen Abend, an dem seine Tochter Rona sicherlich freudestrahlend heimkehren würde. Aber der Mord in Chatham ging ihm nicht aus dem Kopf.

Was würde Sir Cedric Kelford sagen, wenn er erfuhr, dass die einzige Spur, die zu seinem entführten Kind hätte führen können, nicht mehr existierte?

Haben wir etwas falsch gemacht? fragte sich Houston. Aber was hätten wir denn tun sollen?

Ein Instinkt, der aus seiner langen Polizeierfahrung erwuchs, sagte ihm, dass hinter dieser Affäre weit mehr steckte, als nur die Entführung eines kleinen Mädchens.

Bisher war immer noch kein Erpresserbrief bei Kelford eingegangen. Aber was bezweckte der Entführer, wenn er nicht die Absicht hatte, von dem Bankier ein hohes Lösegeld zu erpressen?

Houston wurde das Gefühl nicht los, dass noch mehr

geschehen würde. Dass Susans Entführung nur der erste Schlag gegen Kelford war. Vielleicht würden bald weitere folgen.

Er schob den Wohnungsschlüssel ins Schloss und öffnete. Die Wohnung war dunkel. Es war erst elf, und Rona würde frühestens in einer halben Stunde hier sein können.

Als er die Dielentür zuschieben wollte, hörte er von draußen das Geräusch eines Autos, dann Ronas Stimme.

Er wartete. Rona kam die Treppe herauf. »Du kommst eher, als ich dachte«, rief er ihr entgegen. »Na, wie hat es geklappt?«

»Die Aufführung war sehr gut«, sagte sie leise.

»Ist irgendwas, Kind? Na, komm erst mal rein!«

Er ging voran ins Wohnzimmer und drückte den Schalter neben der Tür. Licht flammte auf.

»Nanu, Dennis...«

Ein Sessel stand vier Meter vom Fernsehgerät, mit dem Rücken zur Tür. Der Bildschirm flimmerte weiß.

Dennis schien während der Sendung eingeschlafen zu sein. Sein rechter Arm hing über die Sessellehne, sein Kopf war auf die Schulter gesunken.

Mike Houston streckte die Hand aus, um ihn wachzurütteln.

Er trat einen Schritt näher. Erstarrte. Sein Atem stockte.

»Aber...«

Er fuhr herum. »Ruf den Arzt an, Rona, schnell, schnell!« Seine Stimme war leise und rau. Rona verstand ihn kaum.

»Aber was ist denn, Vater? Ist er krank?«

»Angeschossen! Schnell, schnell, den Arzt!«

Rona stürzte ans Telefon. Inspektor Mike Houston beugte sich tiefer über seinen Sohn. Und sofort wusste er: Es war zu spät.

Mit schleppenden Schritten, wie betäubt, ging Houston zum Fernsehgerät, um es auszuschalten. Aus der Diele, vom Telefon, hörte er Rona aufgeregt sprechen.

Den Finger auf dem Ausschaltknopf, stutzte er, als sein Blick den Apparat streifte.

Dicht über dem Bildschirm, in das Holz, war eine kleine Zeichnung eingeritzt. Mit gelbem Stift. Eine gelbe Windmühle.

2

Mike Houston stand mit dem Rücken zur Leiche. Er ließ den Finger vom Ausschaltknopf des Fernsehgerätes sinken und starrte auf die kleine Zeichnung in dem Holzrand oberhalb des Bildschirms.

Es war eine rohe Skizze. Schnell eingeritzt, mit gelbem Stift, der Mörder hatte keine Zeit zu verlieren gehabt. Aber es gab keinen Zweifel, was sie darstellen sollte. Eine Windmühle. Eine gelbe Windmühle.

Houston fuhr herum, als er hinter sich Worte hörte. Er blickte zur Tür. Rona hielt sich mit einer Hand am Türsims, als brauche sie eine Stütze. Ihr Gesicht war weiß.

»Was sagtest du?«, fragte er rau.

»Der Doktor meldet sich nicht.« Langsam, mit unsicheren Schritten, kam sie ins Zimmer. Erschrocken warf sie einen Blick in Richtung des Sessels und wandte sofort den Kopf ab. Plötzlich schossen Tränen in ihre Augen, liefen ihr über die Wangen. »Mein Gott«, würgte sie hervor. »Dennis... Ist er wirklich...«

»Ja.« Houston trat neben sie und legte ihr den linken Arm um die Schultern. Er atmete schwer und hörbar. »Er ist tot.«

Rona drehte noch einmal den Kopf, um ihrem toten Bruder ins Gesicht zu blicken. Sie sah das Einschussloch, ihr Gesicht verzerrte sich. Houston zog sie sanft zurück und schob sie zur Seite.

»Das ist nichts für dich, Rona.« Seine Stimme klang tonlos. »Ruf das Krankenhaus an, sie sollen einen Wagen schicken. Und dann geh zu Bett! Du wirst deine Kraft noch brauchen.«

»Aber ich kann jetzt nicht schlafen, Vater. Ich...«

»Versuch es wenigstens! Hier kannst du doch nichts tun.«

Sie nickte stumm und ging hinaus.

Inspektor Houston begann das Zimmer methodisch zu untersuchen. Er hörte das Schnarren der Wählscheibe aus der Diele. Ronas tränenerstickte Stimme, das Geräusch, als der Hörer in die Gabel einklinkte, Ronas Schritte, die sich entfernten.

Er fand die Kugel, die den Kopf seines Sohnes durchschlagen hatte. Sie steckte in der Polsterung des Sessels. Offenbar war sie aus der Richtung des Fernsehgeräts abgefeuert worden.

Jetzt erst bemerkte Houston, dass der Bildschirm immer noch weiß flirrte. Er schaltete aus und ließ sich in einen Sessel fallen.

Der Ambulanzwagen musste bald kommen. Houston war allein mit seinem toten Sohn. Er konnte sich nicht erinnern, sich jemals so hilflos gefühlt zu haben.

Dennis... Ermordet! Wer konnte das getan haben? Aus welchem Grund konnte Dennis ermordet worden sein – ein junger, harmloser, gewissenhafter Bankangestellter?

Und was hatte die Zeichnung der gelben Windmühle auf dem Fernsehapparat zu bedeuten?

Gab es irgendeinen Zusammenhang zwischen Dennis Houston und der Entführung von Sir Cedric Kelfords kleiner Tochter?

Das Schrillen des Telefons riss ihn aus seinen Gedanken, und wie halb betäubt schleppte er sich in die Diele und hob ab. Er murmelte seinen Namen.

»Bist du das, Mike?«, fragte die vertraute Stimme seines Kollegen Loman.

»Ja, was ist?«

»Die Leute aus Chatham haben gerade angerufen.

Sie wollen, dass wir an der Leichenschau von Nobbler Williams teilnehmen. Morgen früh um...«

»Tut mir leid, Loman«, sagte Houston leise, »aber Sie werden hinfahren müssen.« Er berichtete knapp, was geschehen war.

»Aber das ist doch...« Loman verstummte. Auch Houston sagte kein Wort.

Es dauerte lange, bis Loman wieder zu sprechen begann. »Mike, ich... Ich glaube, ich brauche Ihnen nicht zu sagen, wie mir das...«

»Schon gut, Loman«, unterbrach ihn Houston. »Ich weiß es, und ich danke Ihnen. Aber verstehen Sie – ich kann es immer noch nicht fassen.«

Loman ließ wieder eine Minute verstreichen. »Haben Sie Spuren gefunden, Mike?«

Er begann eine Reihe Fragen zu stellen, die Houston sich selbst schon vorgelegt hatte. Doch es gab keine Erklärung, keinen Hinweis auf den Täter. Noch nicht.

»Ich höre einen Wagen kommen, Loman. Das wird die Ambulanz vom Hospital sein. Ich muss einhängen.«

»Nur noch eines, Mike. Ich habe die Nummer des Wagens überprüft, mit dem Nobbler Williams überfahren worden ist. Das Nummernschild war gefälscht.«

»Das überrascht mich nicht«, sagte Houston. Seine Stimme war jetzt ruhig. Er legte den Hörer auf und öffnete den Männern der Ambulanz die Tür.

Die nächsten vierundzwanzig Stunden kamen Mike Houston immer unwirklich vor, wenn er sich später daran erinnerte.

Er hatte in dieser Nacht keinen Schlaf gefunden. Er behielt vage im Gedächtnis, dass am Vormittag eine Konferenz in Scotland Yard stattgefunden hatte. Die Beileidsworte der Kollegen und Vorgesetzten. Am frühen Nachmittag die Totenschau, bei der er, den Vorschriften entsprechend, seinen Sohn identifizierte und die Entdeckung der Leiche beschrieb. Der Coroner hatte die kurze Amtshandlung mit dem Spruch abgeschlossen: »Mord, begangen von einer oder mehreren unbekannten Personen.«

Erst am Nahmittag, als Houston seiner Tochter im Wohnzimmer gegenübersaß, begannen sich seine Gedanken allmählich zu klären.

»Was soll nun geschehen?«, fragte Rona, während sie ihm die zweite Tasse Tee einschenkte.

»Die Angelegenheit wird den üblichen Verlauf nehmen«, sagte er gepresst. »Der Assistent Commissioner hat mir angeboten, den Fall einem andern zu übertragen. Sehr rücksichtsvoll von ihm. Aber ich habe ihm klargemacht, dass ich keine Ruhe finden werde, solange ich selbst nicht herausgefunden habe, wer Dennis ermordet hat. Die Hauptsache ist, ganz normal vorzugehen. Wer auch immer es getan hat – wir dürfen bei dem Mörder nicht den Verdacht erwecken, dass wir auf der Hut sind. Auch du, Rona, musst dich so verhalten wie sonst.«

Rona sah ihn fragend an. »Du weißt, dass am Donnerstagabend unser Stück wiederholt werden soll, Vater. Meinst du, dass ich trotz allem, was in den Zeitungen gestanden hat, mitspielen soll?«

Er nickte. »Wenn du dich dem gewachsen fühlst, ja.«

»Natürlich«, sagte Rona, »obwohl es mir nicht leichtfällt.« Sie blickte auf. »Ich glaube, es hat geklingelt.«

»Bleib nur sitzen, ich sehe schon nach.« Houston ging zur Wohnungstür und öffnete.

»Sir Cedric!«, rief er überrascht.

»Darf ich hereinkommen, Inspektor?«

Houston nahm ihm Hut und Mantel ab und begleitete den Bankpräsidenten ins Wohnzimmer. Als er Rona erblickte, verharrte Sir Cedric Kelford einen Augenblick im Schritt, ehe er weiter auf sie zuging.

Offensichtlich war er von ihrer Erscheinung stark beeindruckt. Houston machte sie miteinander bekannt. Kelford verbeugte sich vor ihr, ehe er sich in einen Sessel niederließ.

»Entschuldigen Sie, dass ich hier einfach so eindringe, Miss Houston, aber...«, er wandte sich dem Inspektor zu, »der Assistent Commissioner hat mir berichtet, was hier passiert ist.«

Kelford senkte den Kopf. »Er hat mir auch gesagt«, fuhr er nach einer Pause fort, »er habe Ihnen nahegelegt, sich von dem Fall zurückzuziehen.«

Er sah Houston forschend an. »Ich hoffe, Sie werden das nicht tun, Inspektor.«

»Haben Sie einen besonderen Grund für diesen Wunsch, Sir Cedric?«, fragte Mike Houston. Auch Kelfords Ton hatte drängend geklungen. Sollte schon wieder etwas Neues geschehen sein?

Sir Cedric Kelford beugte sich vor. »Ich bin davon überzeugt, dass der Tod Ihres Sohnes in irgendeiner Weise mit der Entführung meiner Tochter zusammenhängt«, sagte er eindringlich. »Und das Verbindungsglied zwischen beiden Fällen ist die gelbe Windmühle.«

»Es sieht so aus«, erwiderte Houston ruhig.

»Ich bin sicher, Sie sind der beste Mann, um dieses Rätsel zu lösen!«, rief Kelford. »Außerdem ist mir klar, dass diese Sache für Sie mehr bedeutet, als nur einen Routinefall.«

»Darauf können Sie sich verlassen«, versicherte Houston grimmig.

»Aber ich muss Ihnen leider sagen, dass wir noch genauso im Dunkeln tappen wie vorher.«

»Sie haben keine Erklärung dafür was die Zeichnung der gelben Windmühle auf Ihrem Fernsehgerät bedeuten könnte?«

Houston schüttelte den Kopf. »Stundenlang habe ich wachgelegen und Dutzende von Theorien aufgestellt. Doch keine ergibt einen Sinn.« Er stieß einen tiefen Seufzer aus.

Kelford trommelte nervös mit den Fingern seiner rechten Hand auf seinem rechten Knie. »Wenn ich Ihnen irgendwie behilflich sein kann, lassen Sie es mich wissen.«

»Es gibt schon etwas, das Sie für mich tun könnten«, sagte Houston langsam. »Mir würde viel daran liegen, wenn Sie Ihren Einfluss als Präsident der Bank dafür einsetzen würden, dass ein paar diskrete Ermittlungen über Dennis angestellt werden.«

Kelford nickte. »Selbstverständlich. Doch ich kann Ihnen jetzt schon sagen, dass Sie über Ihren Sohn nichts erfahren werden, was Sie nicht bereits wissen. Ich habe mir heute Morgen seine Personalakte kommen lassen. Und Sie wissen, wir Bankleute überprüfen unsere Mitarbeiter sehr sorgfältig. Ich habe nichts gefunden, was nicht normal ist.«

Houston zuckte die Schultern. »Ich muss Ihnen gestehen, ich bin selbst überrascht, wie wenig ich im Grunde genommen über ihn weiß. Sie verstehen – ich bin viel unterwegs... Mir scheint, er hat ein Leben geführt wie alle anderen jungen Bankangestellten. Er hat ein bisschen Tennis gespielt, einen Abendkurs besucht, um sich weiterzubilden. Sein einziges Hobby war das Briefmarkensammeln. Kein Mädchen, mit dem er besonders befreundet war... Er hatte nur einen vertrauten Freund – Bob Harridge, der mit ihm in derselben Abteilung arbeitete.«

Kelford wandte sich zu Rona.

»Vielleicht weiß Miss Houston etwas mehr?«, fragte er höflich.

»Es tut mir leid«, antwortete Rona, »aber ich fürchte, ich kann auch nicht mehr sagen. Wir waren gute Freunde, Dennis und ich. Natürlich. Aber wir haben uns nie gegenseitig etwas Besonderes anvertraut.«

»Sehen Sie«, sagte Houston hilflos. »Nichts, aber auch gar nichts, was uns weiterhelfen könnte.«

»Haben Sie schon mit diesem Bob Harridge gesprochen, Inspektor?«

»Ja. Als ich ihm sagte, was passiert ist, starrte er mich an, als sei ich nicht ganz bei Sinnen – so bestürzt war er.«

»Ich werde zwei unserer besten Untersuchungsbeamten beauftragen, sich der Sache anzunehmen«, erklärte der Bankpräsident. »Sie werden jeden in unserem Unternehmen befragen, der Ihren Sohn gekannt hat. Die Berichte schicke ich Ihnen zu.«

»Ich wäre Ihnen sehr dankbar.« Houston wechselte das Thema. »Und über Ihre Tochter haben Sie nichts weiter gehört?«

Kelford schüttelte den Kopf. »Nicht ein Wort...« Er sah auf die Uhr, erhob sich und gab Rona und dem Inspektor die Hand. Ehe er die Wohnung verließ, machte er Rona noch einige Komplimente über ihr erstes Auftreten im Fernsehen. »Ich habe gar nicht gewusst, dass Sie die Tochter des Inspektors sind, bis ich es in der Zeitung las...«

Rona sah ihm nach, als er in seinen grauen Rolls Royce stieg.

Die Sicherheit, die von Sir Cedric Kelford ausging, hatte sie tief beeindruckt.

Am nächsten Morgen wurde Rona Houston von der Garage in der nächsten Straße angerufen. Ihr kleiner Wagen sei repariert. Rona holte ihn ab und fuhr zum Fernseh-studio, wo eine Sonderprobe ihres Stücks angesetzt war.

Während sie den Wagen durch den dichten Verkehr steuerte, dachte sie an ihre letzte Begegnung mit Carl Knight. Nach allem, was seit Sonntagabend geschehen ist, müssen wir uns einmal gründlich aussprechen, nahm sie sich vor.

Doch Carl Knight war zu der Probe nicht erschie-nen. Terry Smith, der Regisseur, und ihre Schauspieler-kollegen sprachen Rona ihr Beileid aus. Sie stellten kei-ne Fragen und waren sichtlich bemüht, sie ein wenig aufzuheitern.

Nur Carl... Er musste die Berichte in den Zeitungen gelesen haben wie alle anderen. Aber er rief nicht einmal an.

Als die Teepause begann, trennte sich Rona von den anderen und ging die Straße hinunter zu einer nahegele-genen kleinen Cafeteria. Sie war tief deprimiert.

Sie legte ihre Handschuhe und das Manuskript des Stücks auf einen Stuhl an einem freien Tisch und stellte sich ans Ende der Schlange vor der langen Theke.

Als sie mit einer Tasse Tee und einem Gebäckstück zu dem Tisch zurückkehrte, saßen dort ein Mann und ein Mädchen.

Der Mann sprang bei ihrem Anblick sofort auf.

»Bob Harridge!«, rief Rona. »Das ist aber eine Überraschung!«

»Das kann man wohl sagen! Rona! Dich hab' ich ja eine Ewigkeit nicht mehr gesehen!« Er strich eine wider-spenstige Haarlocke zurück, die ihm in die Stirn gefallen war.

Rona war mit dem Freund ihres Bruders ein paar Mal im Kino gewesen. Aber in den letzten Monaten hat-te sie den Kontakt mit ihm verloren.

Bob deutete auf das Mädchen am Tisch. »Rona –

das ist Mary Latimer.«

Das schwarzhaarige Mädchen mit dem großen, stark geschminkten Mund und den tiefliegenden grünen Augen streckte eine gepflegte weiße Hand aus. »Ich habe gehört, was Ihrem Bruder zugestoßen ist, Miss Houston. Es tut mir sehr leid für Sie.«

Rona konnte sich nicht erklären, woran es lag, aber irgendetwas an Mary Latimers Art irritierte sie.

»Die Bank hat dich aber heute zeitig gehen lassen, Bob«, sagte Rona, als sie sich setzte.

»Ich war bei der Personalabteilung und habe erzählen müssen, was ich über Dennis weiß«, erwiderte Bob Harridge. »Es lohnte sich nicht, danach noch an die Arbeit zu gehen.«

Rona hätte ihm gern einige Fragen gestellt, aber die Anwesenheit des anderen Mädchens hielt sie davon ab. Mary Latimer gefiel ihr nicht.

Sie wunderte sich, dass ein Mann wie Bob Harridge offenbar gut bekannt war mit einem Mädchen, das sich in dieser Umgebung reichlich exotisch ausnahm. Mary Latimer wirkte auffallend. Merkwürdig, dass sie dem Geschmack eines korrekten jungen Bankangestellten entsprechen sollte.

»Mary hat Dennis mal beim Tanzen kennengelernt«, sagte Bob. »Sie war ganz außer sich, als sie die Nachricht hörte.«

Mary Latimer beteiligte sich kaum am Gespräch. Sie saß dabei und hörte zu. Hin und wieder ließ sie einen schnellen Blick durch den Raum schweifen.

Bob Harridge erzählte Rona gerade, dass er sie in der Fernsehaufführung am Sonntagabend bewundert habe, da fühlte sie eine Hand auf ihrer Schulter. Sie drehte sich herum und blickte auf. Hinter ihr stand Carl Knight.

»Ich dachte mir schon, dass ich dich hier finden

würde«, sagte er ruhig.

Rona sah, dass seine Gesichtsmuskeln gespannt waren. Um die Augen herum sah er aus, als habe er schlecht geschlafen.

Sie machte ihn mit Bob Harridge und Mary Latimer bekannt. Und sie sah, dass um Mary Latimers Mund ganz kurz ein zynisches Lächeln aufflackerte, als sie Carl Knight die Hand reichte.

Es kam Rona einen Augenblick lang so vor, als ob die beiden sich schon kannten. Sie dachte nicht weiter darüber nach. Sie konnte sich auch getäuscht haben.

Bob Harridge blickte auf seine Uhr. »Ich muss leider los. Kommst du mit Mary?«

Mary Latimer erhob sich. Carl Knight und Rona machten keinen Versuch, sie zurückzuhalten.

Knight wartete, bis die beiden außer Hörweite waren, dann rückte er näher zu Rona. »Ich war heute Morgen bei dir zu Hause, um dich zu sehen. Dein Vater war da. Er hat mir gesagt, was mit Dennis passiert ist. Natürlich hatte ich es schon in der Zeitung gelesen. Dein Vater scheint anzunehmen, dass das alles mit dem Kelford-Fall zusammenhängt. Ist das wirklich wahr, oder ist dein Vater verständlicherweise ein bisschen übertourt und sieht Zusammenhänge, wo gar keine sind?«

»Natürlich nicht«, sagte Rona. Sie fragte sich, warum Carl so besorgt schien.

Sie erzählte ihm, wie sie Dennis gefunden hatten. »Und auf dem Fernsehgerät war die Zeichnung einer gelben Windmühle.«

Carl Knight hörte aufmerksam zu.

Als sie ihre Erzählung beendet hatte, stellte er keine Fragen mehr. Er zündete sich eine Zigarette an. Rona sah, dass seine Hand zitterte, als er das Zigarettenetui in die Jacke zurückschob.

»Bist du so gut und holst mir noch eine Tasse Tee,

Carl?«, bat sie ihn, um die Spannung zu verscheuchen. »Ich glaube, du könntest auch eine vertragen«, fügte sie hinzu.

Ein wenig verwirrt gehorchte er. Als er einige Minuten später mit den gefüllten Tassen an ihren Tisch zurückkehrte und sich wieder zu ihr setzte, sagte Rona: »Nun, Carl, ich habe auch ein paar Fragen an dich...«

Knight runzelte die Stirn. »Ja, bitte?«

Sie holte tief Luft, ehe sie ihn fragte: »Bist du ganz sicher, Carl, dass du das Stück am Sonntagabend im Fernsehen gesehen hast?«

»Aber natürlich!« Er hob die Hände. »Ich verstehe nicht, was du meinst, Rona.«

Sie senkte den Blick und rührte in ihrer Tasse. »Ich habe mich nur ein bisschen gewundert, dass du gar nichts über die technische Störung am Anfang sagtest. Und als ich ging, bemerkte ich einen nassen Regenmantel an deinem Garderobenständer. Warst du wirklich nicht draußen im Regen an dem Abend?«

Carl Knight sah sie an. Rona hob den Kopf.

»Wirklich nicht, Rona Wenn du es durchaus wissen musst, ein Freund besuchte mich und brachte mir den Mantel wieder, den er sich eine Woche vorher bei mir geliehen hatte. Gerade, als die Sendung begann, kam er an. Er störte mich natürlich. Aber was sollte ich machen? Er blieb, und wir sahen uns zusammen das Stück an. Das ist alles.«

Seine Stimme klang ärgerlich.

»Ist ja schon gut, Carl«, sagte Rona begütigend. »Entschuldige, aber ich war wirklich ein bisschen durcheinander an dem Abend. Und was seitdem passiert ist...«

Carl Knight streichelte kurz ihren Unterarm und zog seine Hand wieder zurück.

Er griff nach der Teetasse und trank. Er schwieg und wandte den Blick von Rona ab. Er schien über etwas nachzudenken, das ihn sehr beschäftigte.

Schließlich brach Rona das Schweigen. »Ich muss wieder zurück zur Probe, Carl«, sagte sie in ihrem alten, kameradschaftlichen Ton. »Kommst du mit?«

Er stand zugleich mit ihr auf. »Nein, ich habe noch was zu erledigen.« Ein Lächeln glitt über sein müde aussehendes Gesicht. »Was zu ändern war, habe ich ja geändert. Terry wird ganz froh sein, wenn ich nicht auftauche. Sonst denkt er am Ende noch, ich will das Stück nochmals umschreiben.«

Vor der Cafeteria verabschiedeten sie sich.

Als Rona in dem Probestudio eintraf, winkte Terry Smith, der Regisseur, sie zu sich heran. »Für das, was ich jetzt noch mal durchprobieren will, brauche ich dich nicht, Rona. Geh nach Hause, Kind, und ruhe dich aus!«

Rona versuchte zu lächeln. »Danke, Terry. Ich denke, ich kann ein wenig Ruhe brauchen. Also dann – bis morgen.«

Sie kehrte zu ihrem Auto zurück.

Bin ich zu Carl eigentlich fair gewesen? fragte sie sich, als sie sich hinter das Steuer setzte. Sie ließ die Hände vom Rad sinken und dachte über ihre Beziehungen zu ihm nach.

Sie mochte Carl Knight gern. Sie hätte nicht sagen können, was an ihm sie so besonders anziehend fand. Er war nicht schön, wenn auch ein gutaussehender Mann. Er war nicht reich, obwohl schon erfolgreich. Es strömte keine Ruhe und Sicherheit von ihm aus, die einer Frau das Gefühl der Geborgenheit hätten geben können. Rona gestand sich ein, dass zuweilen eher etwas Beunruhigendes von Carl ausging. War es seine Klugheit, die sie für ihn eingenommen hatte?

Was immer es auch war – sie mochte ihn, und mehr als das. Liebte sie ihn? Sie hatte schon oft versucht, sich diese Frage zu beantworten. Immer vergeblich. Aber dass sie selbst sich über ihre Gefühle für ihn nicht klar war – gab das ihr Recht, ihm gegenüber misstrauisch zu sein und ihm Fragen zu stellen? Schließlich war sie nicht mit ihm verlobt. Sein Privatleben ging sie nichts an, sagte sie sich.

Vielleicht war der Besucher am Sonntagabend ein Mädchen gewesen? War es Carl deshalb schon an jenem Abend so unangenehm gewesen, dass sie, Rona, so spät noch bei ihm erschien?

Außerdem wusste sie, dass er an dem Plan zu einem neuen Stück arbeitete. In diesem Stadium hatte er für nichts anderes Sinn und wirkte häufig in sich gekehrt und kaum ansprechbar. Rona schüttelte über ihr eigenes Verhalten den Kopf. Sie hatte Carl Unrecht getan.

Unzufrieden mit sich, startete sie den Wagen und fuhr an. Sie bog in die Baker Street ein. Ihr Blick streifte den Eingang einer Geschäftspassage. Zuerst sah sie den Mann. Seine Art, die Schultern zu bewegen, kam ihr vertraut vor. Er stand mit dem Rücken zu ihr und sprach mit einem Mädchen. Während sie langsam weiterfuhr, behielt sie die beiden im Auge. Und dann erkannte Rona sie. Es waren Carl Knight und Mary Latimer! Sie redeten lebhaft aufeinander ein.

Rona unterdrückte ihre erste Regung, anzuhalten. Sie fuhr weiter in Richtung Oxford Street.

Also hatte sie sich doch nicht getäuscht! Carl und Mary Latimer kannten einander bereits, bevor sie in der Cafeteria vorgestellt wurden.

Was ist nur los? schoss es Rona durch den Kopf. Immer wieder neue Rätsel, Vorgänge, die einen verwirren und unsicher machen.

Sie musste sich zwingen, auf den Verkehr zu achten.

Sie hatte den Eindruck gehabt, dass Mary Latimer an diesem Abend mit Bob Harridge ausgehen würde.

Wie mochte sie es fertig bekommen haben, Bob loszu-werden und Carl zu treffen?

Oder handelte e sich bei dem Treffen der beiden um eine zufällige Begegnung?

Fragen über Fragen...

Rona dachte nach, als sie über die Albert Bridge fuhr. Plötzlich sah sie einen Lastwagen genau auf ihr Auto zukommen. Der Fahrer schien mitten auf der Brü-cke die Kontrolle über sein Fahrzeug verloren zu haben. Der LKW kam immer näher. Noch ein paar Sekunden, und er würde mit ihr zusammenstoßen. Rona handelte blitzschnell. Ihr blieb nur eine Möglichkeit. Sie riss das Steuer herum, drückte auf den Gashebel.

Sie spürte einen harten Ruck, als ihr Wagen über den hohen Bordstein fuhr. Zu ihrem Glück waren auf diesem Teil der Brücke keine Fußgänger unterwegs. Nur um Zentimeter schoss der Lastwagen an ihr vorbei. Zwanzig Meter weiter lenkte Rona ihren Wagen wieder auf die Fahrbahn zurück. Ihre Hände zitterten am Steuer-rad. Sie hielt an, wandte sich in ihrem Sitz um und blick-te zurück.

Sie erwartete, dass der LKW ebenfalls anhielt oder vielleicht gegen das Geländer krachte oder irgendetwas dergleichen. Aber der Lastwagen fuhr weiter und ver-schwand in Richtung Oakley Street.

Rona wartete einige Minuten, um sich von ihrem Schrecken zu erholen. Erst dann fuhr sie weiter, in Ge-danken immer noch bei dem seltsamen Vorfall. Zwei Meilen weiter schoss ihr plötzlich der Gedanke durch den Kopf: War der Lastwagen absichtlich auf sie gesteu-ert worden? Hatte jemand versucht, ihren Wagen zu rammen, um sie...?

Rona wagte kaum, diese Überlegung zu Ende zu denken. Sie versuchte, den Gedanken zu verdrängen. Aber er ging ihr nicht aus dem Sinn, bis sie nach Hause kam.

Sie fand eine Notiz ihres Vaters. Er bat sie, ihn gegen 20 Uhr von Scotland Yard abzuholen.

Rona ging in die Küche und bereitete das Abendessen vor. Die Beschäftigung mit dem Haushalt lenkte sie ein wenig ab. Das Telefon klingelte, sie hob den Hörer ab und erkannte zu ihrer Überraschung die Stimme von Mary Latimer.

»Ich muss Sie dringend sprechen, Miss Houston«, sagte sie hastig. »Ich habe etwas sehr Wichtiges über Ihren Bruder Dennis herausbekommen.«

»Meinen Sie nicht, dass es besser ist, wenn Sie meinen Vater in Scotland Yard anrufen?«, fragte Rona.

»Nein«, beharrte Mary Latimer. »Ich muss erst mit Ihnen sprechen. Sie werden das verstehen, wenn ich es Ihnen nachher auseinander setze.«

»Aber heute Abend geht es nicht mehr«, wandte Rona kühl ein.

»Dann morgen Vormittag«, drängte Mary Latimer. »Am besten, wir treffen uns in der Cafeteria.«

»Also gut«, sagte Rona und hängte ein.

Pünktlich wie verabredet verließ Inspektor Mike Houston das Gebäude von Scotland Yard. Er ging leicht gebeugt.

Wie müde er aussieht, dachte Rona, die ihn vor ihrem Wagen erwartete. Er versuchte ein Lächeln, als er sie begrüßte. Um seine Augen lagen tiefe dunkle Ringe.

»Ehe wir nach Hause fahren, muss ich noch in die Wimpole Street«, sagte Mike Houston, nachdem sie eingestiegen waren. Er nannte die Adresse.

»Gibt's irgendwas Neues, Vater?« Houston nickte. »Wir haben den Wagen gefunden, mit dem Nobbler Williams überfahren worden ist. Er stand verlassen auf einem Feld in der Nähe von Hertford.«

»Und wem gehört er? Wisst ihr das auch schon?«

»Ja«, sagte Houston. »Einem gewissen Dr. Spedro in der Wimpole Street.«

»Deshalb willst du dorthin«, stellte Rona fest. »Wird es lange dauern? Ich hab' schon fürs Abendessen...«

»Nicht allzu lange, voraussichtlich«, unterbrach sie Houston beruhigend. »Allerdings – ein paar Fragen werde ich dem Doktor schon stellen müssen. Natürlich besteht auch die Möglichkeit, dass der Wagen ihm gestohlen worden ist.«

»Ich glaube, wir sind bald da«, sagte Rona nach einer Weile. Sie verlangsamte das Tempo und versuche, eine der Hausnummern zu lesen.

»Ungefähr da vorn muss es sein. Nanu, was ist denn da los?«

Rona hielt an. Houston folgte ihren Blicken.

Vor dem Haus von Dr. Spedro parkte ein Krankenwagen.

Die Haustür wurde geöffnet, ein kleiner dunkelhaariger Mann erschien und sprach auf zwei weißgekleidete Krankenwärter ein, die an ihm vorbei eine Tragbahre aus dem Haus schleppten.

Der Fahrer des Ambulanzwagens war ausgestiegen und öffnete die hinteren Türen. Vorsichtig hoben die beiden Träger die Bahre an und schoben sie langsam in den Wagen hinein. Rona beugte sich vor.

»Aber...«, entfuhr es ihr.

»Was ist?«, fragte Houston scharf.

»Kennst du etwa die Person auf der Tragbahre?«

»Ja«, sagte Rona leise.

»Und wer ist es?«

»Ein Mädchen namens Mary Latimer...«

3

Sie lehnten sich in die Polster zurück, um im Dunkel zu bleiben, und spähten durch die Windschutzschreibe. Mike Houston und seine Tochter Rona. Die rückwärtige Tür des Krankenwagens vor ihnen war geöffnet. Vorsichtig schoben zwei Träger eine Bahre hinein.

»Was weißt du über diese Mary Latimer?«, fragte Houston schnell.

Rona ließ den Blick nicht von der schmalen Gestalt auf der Tragbahre. »Ich habe sie heute Nachmittag erst kennengelernt. Sie war in Begleitung von Bob Harridge. Und als ich vorhin nach Hause kam, rief sie an. Sie behauptete, sie müsse mich dringend sprechen. Sie wirkte ziemlich aufgeregt und sagte, sie habe eine Information über Dennis...«

Der kleine Mann, der vorhin aus dem Haus gekommen war, gab offenbar den Krankenwärtern letzte Anweisungen. Dann verließ er sie und kehrte ins Haus zurück.

Mike Houston wartete, bis die Krankenwärter die Tür des Ambulanzwagens schlossen, stieg aus und ging zu ihnen hin.

»Hätten Sie etwas dagegen, mir zu sagen, wohin Sie die Patientin bringen?«, fragte er.

Sie sahen ihn einen Augenblick lang abweisend an. Doch nachdem Houston sich ausgewiesen hatte, sagte der Ältere: »Ich wüsste nicht, warum wir es Ihnen nicht sagen sollten, Sir. Wir schaffen sie in ein Pflegeheim in der Martineau Road.«

»Wissen Sie zufällig, was ihr fehlt?«

Der Mann schüttelte den Kopf. Der Doktor hat was

von einer Herzattacke gesagt. Oder so was Ähnliches. Ich kann es wirklich nicht genau sagen. Ich weiß nur, dass wir besonders vorsichtig fahren sollen.«

Houston dankte ihm und kehrte zu Rona zurück.

»Warte hier auf mich!« Ehe Rona antworten konnte, ging er zur Tür des Hauses, hinter der der kleine Mann verschwunden war, und klingelte. Er hörte ein Summen und drückte die Tür auf.

Dem Mädchen im weißen Kittel, das ihn empfing, nannte er seinen Namen. »Ich möchte gern Dr. Spedro sprechen. In einer privaten Angelegenheit. Es ist dringend.«

Die Sprechstundenhilfe verschwand im Nebenzimmer, erschien nach wenigen Sekunden wieder und hielt ihm die Tür auf.

»Dr. Spedro lässt bitten.«

Houston hatte im Laufe seines langen Berufslebens schon viele Sprechzimmer betreten. Er merkte sofort, dass hier irgendetwas anders war als üblich. Er hätte nicht sagen können, was dieses Gefühl in ihm auslöste.

Eine Ausstattung, wie man sie in allen ärztlichen Sprechzimmern antrifft: eine lange Ledercouch, eine Umkleidekabine in der Ecke, ein Schreibtisch und zwei große verglaste Schränke, in denen Instrumente blinkten und Arzneiproben gestapelt lagen.

Aber etwas war anders...

Houston wusste nur nicht, was.

Dr. Spedro hatte sich hinter seinem Schreibtisch erhoben und deutete auf den Besucherstuhl. Er war ein glatter italienischer Typ mit schwarzem Haar, bleichem Gesicht und bläulicher Rasierhaut. Seine dunklen, fast schwarzen Augen blickten Mike Houston interessiert an.

»Was kann ich für Sie tun, Inspektor?«

Houston hatte sich nicht getäuscht. Der Arzt sprach mit einem, wenn auch nur noch schwachen, italienischen Akzent.

»Es handelt sich um Ihren Wagen«, begann Houston.

Spedro zog eine Augenbraue hoch. »Ach ja«, sagte er lebhaft. »Hat die Polizei ihn schließlich gefunden? Es ist schon fast eine Woche her, seit ich Anzeige erstattet habe.«

Er lehnte sich in seinen Sessel zurück. Die schweren Augenlider fielen halb herab und gaben seinem Blick etwas Unergründliches.

Houston spürte sofort, dass er schnell die Initiative ergreifen musste. Spedro versucht den Überlegenen zu mimen, dachte er.

Houston stellte schnell eine Reihe von Fragen über das Auto und sein Verschwinden.

Spedro antwortete ebenso schnell. Zweimal versicherte er Houston, dass er schon auf dem Polizeirevier alles genau geschildert habe. Nach seiner Darstellung war der Wagen ihm vor dem Haus einer Firma für medizinische Instrumente in Bloomsbury gestohlen worden.

»Hm.« Houston sah den Arzt scharf an. »Ich komme eigentlich nicht wegen dieser Diebstahlsanzeige...«

»Nicht?« Spedro wirkte erstaunt. »Warum dann?«

Houston ließ eine kleine Pause eintreten, ehe er antwortete. »Mit diesem Wagen, mit Ihrem also, ist am Sonntagabend ein Mann überfahren worden.«

»Was sagen Sie da?«

Houston nickte. »Der Mann hieß Nobbler Williams. Kennen Sie ihn?«

Dr. Spedro schüttelte den Kopf. »Nobbler Williams? Nie gehört. Wie sah er aus?«

Houston beschrieb ihn.

»Nein«, sagte Dr. Spedro. »Den habe ich nie gesehen. Aber – Sie vermuten doch nicht etwa, dass ich ihn überfahren habe?«

»Immerhin war es Ihr Wagen, Doktor«, stellte Houston fest.

»Aber ich habe Ihnen doch schon gesagt – er ist mir gestohlen worden. Fragen Sie auf dem Polizeirevier nach!

»Können Sie mir sagen, wo Sie sich am Sonntagabend aufgehalten haben?«, fragte Houston unbeirrt.

»Selbstverständlich kann ich das.« Spedros Stimme klang gereizt. »Aber soll das hier ein Verhör sein, Inspektor?«

»Vorläufig handelt es sich darum, dass ich ein paar Fragen von Ihnen beantwortet haben möchte«, sagte Houston kühl.

»Also schön. Ich war bei Freunden in Epping. Soll ich Ihnen die Adresse geben?«

Ohne eine Antwort abzuwarten, riss Dr. Spedro einen Zettel von seinem Rezeptblock, kritzelte etwas darauf und schob das Papier dem Inspektor über den Tisch zu.

Sie hörten ein Geräusch an der Tür. Dr. Spedro hob den Kopf. »Ja was ist denn?«, fragte er ärgerlich.

»Ein Telefongespräch für Sie«, sagte die Sprechstundenhilfe. »Privat.«

»Legen Sie es nach oben.« Das Mädchen verschwand. Dr. Spedro wandte sich an Houston. »Sie entschuldigen mich wohl ein paar Minuten, Inspektor.«

Er verließ das Zimmer und schloss die Tür hinter sich. Houston stand auf und sah sich im Zimmer um. »Woran liegt es nur, dass die Atmosphäre hier so anders als in anderen Sprechzimmern ist«, fragte er sich. Im nächsten Augenblick wusste er es.

Auf einem Bord an der Wand standen Modelle, offenbar Andenken.

Da war ein Modell des Pariser Eiffelturms. Eine kleine Nachbildung des Schiefen Turms von Pisa. Ein winziges Schwarzwaldhaus. Und – eine geschnitzte gelbe Windmühle.

Houston trat überrascht an das Regal heran und nahm sie heraus. Nachdenklich betrachtete er sie, drehte sie in den Händen – die gelbe Windmühle...

Er hörte, dass die Tür geöffnet wurde. Dr. Spedro kehrte zurück.

»Entschuldigen Sie, Inspektor...« Er verstummte mitten im Satz und fuhr zusammen, als er die Windmühle in der Hand des Inspektors sah. Für Sekunden hob er die Hände, als ob er Houston das Modell entreißen wollte, und ließ sie wieder sinken.

Mike Houston tat so, als sei er in die Betrachtung der Windmühle versunken. Doch er beobachtete den Arzt aus den Augenwinkeln. Als er sich Dr. Spedro voll zuwandte, hatte der Arzt sich schon wieder unter Kontrolle.

»Gefällt sie Ihnen?«, fragte Spedro in gewollt harmlosem Ton. »Ein Erinnerungsstück – wie die anderen Dinge da.« Er deutete auf das Bord.

»Woher haben Sie sie?«, fragte Houston.

»Ich habe sie mal von einer Reise nach Amsterdam mitgebracht, Inspektor«, sagte Spedro. Er nahm die Windmühle Houston aus der Hand und stellte sie zurück auf ihren Platz. »Ja, was ich sagen wollte, Inspektor – entschuldigen Sie bitte, dass wir unterbrochen wurden, aber es war wirklich dringend. Ein Anruf vom Pflegeheim. Vielleicht haben Sie vorhin einen Ambulanzwagen vor meinem Haus gesehen. Ein junges Mädchen. Herzgeschichte. Ich habe sie in dem Pflegeheim untergebracht.«

»Sie meinen Mary Latimer?«, fragte Houston schnell.

Dr. Spedro sah in überrascht an. »Sie kennen sie?«

»Ich nicht, aber meine Tochter, die mich hergefahren hat. Zufällig kamen wir gerade an, als das Mädchen in den Ambulanzwagen getragen wurde. Es scheint ihr nicht gut zu gehen.«

»Da haben Sie recht, Inspektor. Eine Herzsache, wie ich schon sagte. Mary Latimer hat hier in meinem Sprechzimmer einen schweren Kollaps erlitten. Ich habe immer damit gerechnet, dass eines Tages so etwas passieren würde. Aber leider hat sie nicht auf meinen Rat gehört. Wenn ich sie rechtzeitig hätte gründlich behandeln können...« Er hob, wie ratlos, die Hände. »Aber sie wollte es nicht wahrhaben, dass sie schwer leidend sei. Jetzt ist es vielleicht zu spät.«

»Das tut mir leid«, sagte Houston.

Er zögerte einen Augenblick. »Es könnte sein, dass meine Tochter die Patientin besuchen möchte.«

»Ich glaube nicht, dass das möglich ist«, erwiderte Dr. Spedro.

»Aber wenn Sie mich morgen einmal anrufen – vielleicht kann ich Ihnen dann mehr sagen.«

Houston nickte. »Und was Ihren Wagen betrifft, Doktor – ich lasse ihn morgen hierher zurückbringen.«

Er verabschiedete sich. Dr. Spedro sah ihm nach, bis sich die Tür hinter ihm schloss.

Auf dem Weg zum Ausgang kam Houston am Wartezimmer vorbei. Die Tür stand offen. Im Vorübergehen warf Houston einen Blick hinein. Er sah den wartenden Mann vor der Seite und erkannte ihn. Schnell, damit der Mann im Wartezimmer ihn nicht bemerkte, ging Houston weiter. Es überraschte ihn, diesen Mann hier anzutreffen. Aber ein Irrtum war ausgeschlossen.

Der nächste, den Dr. Spedro an diesem Abend empfangen würde, der Mann im Wartezimmer, war Sir Cedric Kelford. Der Vater der kleinen Susan, die ein Verbrecher mit einer gelben Windmühle an sich gelockt und entführt hatte. Auch Spedro besaß eine gelbe Windmühle. Und nun war Sir Cedric Kelford hier... Als Patient?

»Da bist du ja endlich!«, empfing Rona ihren Vater.

»Es hat leider etwas länger gedauert«, sagte Houston, zog die Autotür zu und schwieg, bis Rona anfuhr.

»Übrigens, Rona! Ich möchte hier in der Nachbarschaft noch ein paar Erkundigungen über diesen Spedro und das Pflegeheim einziehen. Mir wäre es am liebsten, wir würden hier in der Nähe schnell etwas essen.«

»Ich kenne ein kleines Restaurant in der Devonshire Street«, sagte Rona. »Gar nicht weit von hier. Ich war mal mit Carl dort.«

Während des Essens erzählte sie ihrem Vater leise, was sich am Nachmittag ereignet hatte. Dass auf der Albert-Brücke ein Lastwagen versucht hatte, ihr Auto zu rammen, verschwieg sie. Sie wollte ihren Vater nicht beunruhigen. Und während sie über den Vorfall nachdachte, kamen ihr auch wieder Zweifel, ob es tatsächlich Absicht gewesen war.

»Seltsam, dass Mary Latimer Carl Knight kennen soll«, sinnierte Houston. »Ich frage mich, ob Carl nicht auch Dennis besser gekannt hat, als wir bisher angenommen haben.«

»Aber sie haben kaum jemals mehr als ein Dutzend Worte gewechselt«, wandte Rona ein.

»Soweit wir wissen«, sagte Houston. »Und was will das schon besagen?«

Er bezahlte die Rechnung und sah auf die Uhr. »Schon ziemlich spät. Ich weiß nicht, wie lange ich noch zu tun habe. Ich glaube, Rona, es ist doch besser, wenn du jetzt nach Hause fährst. Geh schon schlafen. Denk an deine anstrengenden Proben, Kind!«

Kurz nach zehn Uhr war Rona daheim. Sie wollte sich gerade ausziehen, als sie hörte, dass ein Wagen vor dem

Haus hielt.

Wenige Sekunden später klopfte jemand an die Wohnungstür. Sie schloss ihr Kleid, ging zur Tür. Die Erfahrungen dieses Tages hatten sie vorsichtig gemacht. Sie legte erst die Sicherheitskette vor, ehe sie die Tür ein wenig öffnete. »Wer ist da?«

»Ich bin's, Carl.«

Sie löste die Kette und ließ ihn herein.

»Tut mir leid, Rona, dass ich heute Nachmittag so wenig nett zu dir war. Aber mir geht zur Zeit so viel durch den Kopf.«

Er ließ sich in einen Sessel fallen und vergrub das Kinn in den Händen. Er sah blass und überanstrengt aus. Eigentlich tut er mir leid, dachte Rona.

»Übrigens – habe ich mich getäuscht, oder... Sie erzählte ihm, dass sie ihn mit Mary Latimer im Eingang einer Geschäftspassage erkannt zu haben glaubte. Knights Backenmuskeln strafften sich.

»Du irrst dich, Rona«, sagte er ruhig. »Ich habe das Mädchen nicht mehr gesehen, seit du mich in der Cafeteria mit ihr bekannt gemacht hast. Ich bin sofort zu meiner Wohnung gegangen, nachdem ich dich verlassen hatte.«

Rona ließ das Thema fallen. Sie war im Auto vorübergefahren. Der Rücken des Mannes war ihr halb zugekehrt gewesen. Es gab Hunderte, wahrscheinlich Tausende Männer von der Statur Carl Knights. Sie konnte sich geirrt haben.

Carl Knight sprach weiter, aber Rona, in ihre Überlegungen vertieft, hörte ihm kaum zu. Erst als er den Namen ihres Bruders erwähnte, sah sie ihn aufmerksam an.

»Du musst deinen Vater dazu bringen, dass er diesen Kelford-Fall aufgibt«, sagte Carl. »Er könnte in furchtbare Gefahr geraten, wenn er weitermacht. Mein

Gott, du willst ihn doch nicht verlieren, Rona! Denk an Dennis!«

»Man hat ihm schon Gelegenheit gegeben, sich von dem Fall zurückzuziehen. Aber er will ihn selbst aufklären, und wenn es ihn den Rest seines Lebens kostet.«

Carl Knight stand auf und griff nach seinem Hut. »Wenn das so ist, weiß ich auch nicht mehr, was man noch tun kann, um ihn davon abzuhalten. Wenn *du* es nicht fertigbringst...«

Sein beschwörender Ton fiel Rona auf die Nerven. »Aber warum sollte ich das tun, Carl? Ich würde an seiner Stelle genauso handeln. Ich werde ihm sogar helfen, soweit ich dazu in der Lage bin«, sagte sie gereizt.

Um die zwischen ihnen entstandene Spannung ein wenig zu mildern, bot sie ihm einen Drink an. Carl lehnte ab.

»Ich wünschte, du würdest mir den wahren Grund dafür nennen, weshalb du die Sache so dramatisierst«, sagte sie. »Vielleicht könnte ich helfen.«

»Ich bin nur gekommen, um dich zu warnen, Rona. Von Dramatisieren kann doch wohl nicht die Rede sein. Das ist kein Theaterstück. Es ist Wirklichkeit. Und ich meine, all diese Dinge sind ernst und gefährlich genug.«

Rona schüttelte ihr Haar. »Carl«, sagte sie eindringlich. »Du hast doch mit diesem Fall überhaupt nichts zu tun. Warum also versuchst du mich davon zu überzeugen, ich müsse meinen Vater so weit bringen, dass er aufgibt? Ich verstehe das einfach nicht.«

»Ich kann dir nicht genau sagen, warum.« Knight zuckte die Schultern. »Nenn es Gefühl, nenn es Intuition, nenn es Vorahnung – wie du willst! Ich meine nur...«

»Tut mir leid, dass du die Fahrt hierher vergebens gemacht hast«, unterbrach ihn Rona.

Carl Knight wandte sich ab und ging zur Tür. »Vergessen wir's! Vielleicht habe ich auch übertrieben – sehe ich dich morgen im Studio?«

Sie nickte und wünschte ihm gute Nacht.

»Gute Nacht, Rona.«

Sie sah ihm nach, als er die Treppe hinunterging, dann schloss sie langsam die Tür.

Die Uhr in der Diele schlug elf. Höchste Zeit, dass ich ins Bett gehe, dachte Rona, morgen habe ich einen anstrengenden Tag.

Auf dem Weg zu ihrem Zimmer musste sie am Zimmer ihres Bruders Dennis vorbeigehen. Die Tür war geschlossen. Rona hatte den Raum seit dem Abend, an dem Dennis ermordet worden war, nicht mehr betreten. Aber sie wusste genau, was darin war.

Das eichene Bett mit der Leselampe, der Schreibtisch, auf dem die Lehrbücher lagen, die Dennis für seinen Fortbildungskursus benützt hatte, die Schulfotografien an den Wänden. Es war alles so normal und alltäglich. Wer hätte etwas gewinnen können, indem er Dennis umbrachte, einen harmlosen jungen Mann? Und doch: Er war ermordet worden!

Rona war müde, aber sie fand keinen Schlaf. Plötzlich fuhr sie im Bett auf. Ein Geräusch. Wie von einer Tür, die geschlossen wurde. Sie schaltete die Nachttischlampe ein und sah auf die Uhr. Viertel vor zwei.

Vater wird endlich zurückgekommen sein, dachte Rona. Sie warf einen Morgenmantel über und verließ ihr Zimmer. Noch ein Geräusch. Aus dem Zimmer ihres Bruders! Als ob irgendetwas zu Boden gefallen wäre. Rona zögerte einen Moment, dann stieß sie die Tür auf und tastete nach dem Lichtschalter. Ehe sie ihn erreichte, schlossen sich zwei Hände um ihre Kehle. Rona keuchte. Sie wand sich und stieß mit den Ellenbogen hinter sich. Sie hörte den anderen schwer atmen. Verzweifelt versuchte sie die Hände von ihrem Hals zu zerren. Sie schrie. Aber ihr Schrei erstickte. Der Würgegriff um ihren Hals wurde fester, immer fester. Das Blut brauste in ihren Ohren, als sie mit letzter Kraft versuchte, sich zu befreien. Von unten das Geräusch der Haustür. Schnelle Schritte auf der Treppe. Der Einbrecher schleuderte Rona auf den Boden, stürzte zum Fenster, riss es auf.

»Rona – wo bist du?«, hörte sie wie aus weiter Ferne ihren Vater rufen. Ein kalter Luftzug vom Fenster brachte sie wieder ganz zu sich. Zitternd richtete sie sich auf. »Hier«, rief sie, »hier in Dennis' Zimmer!« Houston schaltete das Licht ein.

»Mein Gott, Rona! Was ist passiert?«

Sie zeigte auf das offene Fenster. Houston warf schnell einen Blick dorthin und beugte sich nieder, um ihr aufzuhelfen.

»Es geht schon, Vater«, brachte sie, immer noch mühsam, hervor. Houston lief zum Fenster und sah hinaus. Er schloss es und rannte aus der Wohnung die Treppen hinunter. Er suchte den Garten ab. Er fand keine Spur.

Als er zurückkehrte, saß Rona im Wohnzimmer. Sie schlürfte ein Glas Brandy. Houston legte einen Arm um sie und streichelte ihren Rücken. »Jetzt beruhige dich erst einmal, Kind. Und dann erzähle mir...«

»Mir ist schon besser«, sagte Rona. »Da ist nicht viel zu berichten.«

»Du hast ihn also gar nicht gesehen?«, fragte Houston, als sie ihre kurze Erzählung beendet hatte.

»Das Zimmer war dunkel. Und ich kam nicht mehr dazu, das Licht einzuschalten.«

Houston ging hinüber ins Zimmer seines Sohnes. Offensichtlich war es durchsucht worden. Die Gegenstände lagen nicht an ihrem gewohnten Platz. Aber soweit Houston feststellen konnte, fehlte nichts. Er drehte sich um und sah Rona in der Tür stehen.

»Wer, um Himmels Willen, kann das gewesen

sein?«, fragte Houston.

»Alles, was ich weiß, ist, dass es ein Mann war«, sagte Rona. »Ich merkte es, als ich mich wehrte.«

»Vielleicht ein kleiner Gelegenheitsverbrecher«, sagte Houston. »Reg dich nicht mehr allzu sehr darüber auf, Rona. Versuch jetzt zu schlafen. Wenn du schon um acht Uhr wieder im Studio sein musst...«

Er brachte sie bis zu ihrem Zimmer.

»Was hast du über Dr. Spedro erfahren, Vater?«

»Nicht viel. Er scheint ein Herzspezialist zu sein, mit einer sehr gutgehenden Praxis. Dieses Pflegeheim hat er angeblich erst kürzlich übernommen.«

»Und über Mary Latimer hast Du nichts herausgefunden?«

Mike Houston klopfte seiner Tochter auf die Schulter. »Alles zu seiner Zeit. Komm – nimm eine Tablette und versuche zu schlafen.«

Vielleicht ein kleiner Gelegenheitseinbrecher, hatte er zu Rona gesagt. Aber er glaubte nicht daran.

Mike Houston hatte schon gefrühstückt, als Rona erschien. Er fragte sie, ob er ihren Wagen haben könne. »Heute Abend komme ich dann zum Studio, um mir die Wiederholung eures Stücks anzusehen.«

Als er das Haus verlassen wollte, kam gerade der Postbote, und Houston kehrte noch einmal in seine Wohnung zurück, um Rona einen großen Umschlag zu übergeben.

Sie riss die Hülle auf. »Das ist ja mein Rollenmanuskript!«, rief sie. »Ich muss es gestern in der Cafeteria vergessen haben.«

»Gut, dass jemand es dir zugeschickt hat. Ich frage mich nur, wie hat die betreffende Person deine Adresse herausbekommen?«, fragte Houston, »Vielleicht aus dem Telefonbuch«, vermutete Rona.

»Kann sein«, murmelte Houston und ging.

Rona frühstückte, dann griff sie nach dem Rollenbuch, um einige Szenen noch einmal durchzugehen. Sie blätterte die erste Seite um. Da stockte ihr der Atem. Auf den freien Raum oberhalb der ersten Zeile waren ein paar Worte gekritzelt: »Es wird ein drittes Todesopfer geben, wenn Ihr Vater den Kelford-Fall nicht aufgibt.« Darunter eine rohe Skizze. Die Skizze einer Windmühle.

Rona hatte telefonisch ein Taxi bestellt. Als sie die kleine Cafeteria betrat, schaute sie sich suchend um. Der Raum war fast leer.

»Kann ich bitte den Besitzer sprechen?«

Das Mädchen hinter der Theke rief nach ihm. Rona stellte ihm ihre Fragen.

»Von einem Rollenmanuskript weiß ich nichts«, versicherte er. »Wahrscheinlich hat es jemand gefunden und mitgenommen.«

Zwanzig Minuten später, im Studio, fragte sie den Regisseur Terry Smith. Auch er wusste nichts über das Manuskript, und als er den Umschlag betrachtet hatte, erklärte er, dass es auf keinen Fall von der Fernsehgesellschaft zurückgeschickt worden sein konnte.

»Aber jetzt komm, Rona«, sagte der Regisseur. »Wir müssen noch einmal gründlich proben, damit alles klappt heute Abend.«

Nach der Sendung schminkte sich Rona schnell ab. Sie fand ihren Vater in dem großen Raum, von dem aus Besucher des Studios die Sendungen verfolgen können.

»Ich bin stolz auf dich«, sagte Houston lächelnd.

»Hast du alles gesehen?«

»Bis auf die ersten Minuten. Ich habe heute eine Menge zu tun gehabt.«

»Lass uns nach Hause fahren, Vater«, drängte Rona.

»Ich muss dir etwas Wichtiges erzählen.«

»Ich dir auch«, sagte Houston.

Nach der Hitze im Fernsehstudio wirkte die Abendluft kalt. Rona fröstelte, als sie neben ihrem Vater die Straße zu der kleinen Sackgasse entlang ging, in der Houston den Wagen geparkt hatte.

Im Schein der Straßenlaternen sah Houston müde und abgemagert aus, fand Rona. In den letzten Wochen war er sichtlich gealtert.

Die Sackgasse war nur spärlich erleuchtet. Die niedrigen Häuser beiderseits der kurzen Straße lagen im Dunkel. Mike Houston steckte den Schlüssel ins Türschloss des Wagens und zog am Türgriff. In diesem Augenblick spürte er, dass von drinnen ein Gewicht gegen die Wagentür drückte. Schnell blickte Houston nach beiden Richtungen der verlassenen Straße.

»Geh auf den Bürgersteig, Rona! Ich glaube, da ist jemand im Wagen.«

Während er sprach, öffnete er die Tür, streckte die Arme aus, um den menschlichen Körper aufzufangen, der ihm entgegenfiel. Es war eine Frau. Er stemmte sich gegen sie und langte über sie hinweg nach dem Schalter des Deckenlichts. Er erkannte sie sofort.

»Was ist, Vater?«, fragte Rona hinter ihm.

»Mary Latimer!«, stieß Houston hervor. «Komm, hilf mir!"

»Da ist ja Blut auf ihrem Gesicht!«, rief Rona. Aber Mike Houston starrte auf Mary Latimers linke Hand. Ihre Finger waren um etwas verkrampft, das er schon einmal gesehen hatte. Es war eine gelbe Windmühle. Die gelbe Windmühle aus dem Sprechzimmer des Dr. Spedro.

4

Das Blut auf Mary Latimers Gesicht glänzte. Feucht und dunkel. Rita Houston schauderte. Sie wandte sich ab von der schmalen Gestalt, die auf dem Vordersitz des Wagens zusammengesunken war.

Noch keine vierundzwanzig Stunden ist es her, dachte Rona, dass sie mich angerufen hat und mich dringend sprechen wollte. Es ist nicht dazu gekommen – und nun...

Was auch immer Mary Latimer ihr hatte mitteilen wollen – sie würde keine Gelegenheit mehr haben, es zu verraten.

Mary Latimer war tot. Inspektor Mike Houston hatte kein Wort gesagt, während seine Tochter die regungslose Gestalt in ihrem Auto betrachtete. Er hörte Rona schnell atmen. Er blickte die dunkle Seitengasse hinauf und herunter – niemand war zu sehen.

Houston bat seine Tochter, von einer Telefonzelle aus das nächste Polizeirevier anzurufen. »Sie sollen auch dafür sorgen, dass ein Krankenwagen hergeschickt wird!«

Als Rona sich entfernt hatte, zog er vorsichtig etwas aus Mary Latimers linker Hand. Es war die kleine gelbe Windmühle. Houston nahm sie und ging damit in den Lichtkreis einer Straßenlaterne. Er war immer noch dabei, das Modell zu untersuchen, als Rona zurückkehrte.

»Wo hast du denn die her«, fragte sie überrascht.

»Mary Latimer hielt sie in der Hand«, erwiderte Houston.

»Was sagst du da?« Auch Rona begann die Windmühlen eingehend zu betrachten. »Ich habe sie vorhin gar nicht bemerkt.«

»Du wirst zu verwirrt gewesen sein«, sagte Houston. »Du hast immer nur ihr Gesicht angestarrt.«

Houston hob die Windmühle ein wenig näher vor sein Gesicht und schaute darüber hinweg seiner Tochter in die Augen. »Genau so eine habe ich schon einmal gesehen«, sagte er ruhig.

»Und wo?« Ronas Augen weiteten sich.

»Auf dem Wandsims in Dr. Spedros Sprechzimmer. Ich...«

Mike Houston wollte Rona noch einige Erklärungen geben, aber er kam nicht dazu. Ein Streifenwagen der Polizei, gefolgt von einer Ambulanz, traf ein.

Houston machte sich mit den Polizisten bekannt und instruierte sie über die Einzelheiten.

Die Männer aus dem Krankenwagen legten das tote Mädchen auf eine Bahre und transportierten sie ab. Zehn Minuten später fuhren Houston und Rona nach Hause.

»Ich möchte nur wissen, was sie in meinem Auto gewollt hat?«, fragte Rona nach langem Schweigen während ihr Vater den Wagen durch den dichten Abendverkehr steuerte. Houston zuckte die Schultern. »Sie wird auf einen von uns beiden gewartet haben, nehme ich an.«

»Aber ich kann mir gar nicht vorstellen, wie sie es geschafft hat, das Pflegeheim zu verlassen. Es hieß doch, sie sei schwer krank!«

»Dafür haben wir nur das Wort von Dr. Spedro«, wandte Houston ein. »Mich interessiert, was die Obduktion ergibt. Ob sie wirklich herzkrank war...«

Rona warf einen schnellen Seitenblick auf ihn. Er schien Dr. Spedro nicht allzu sehr zu trauen.

»Wie konnte jemand es fertigbringen, sie dort zu ermorden, auf offener Straße?«, fragte Rona.

»Gar nicht so schwierig«, unterbrach sie Houston. »Jemand folgte ihr, jemand mit einer Art Stilett. Und dieser Jemand wartete den richtigen Moment ab. Als niemand auf der Straße war, außer ihm und seinem Opfer. Die Sackgasse ist dunkel. Und alles Übrige – für eine gewisse Sorte von Menschen ganz einfach…«

Nachdem sie über die Hammersmith-Brücke gefahren waren, fragte Rona: »Als du mich vorhin im Studio abholtest, Vater, da hast du angekündigt, dass du mir noch etwas erzählen wolltest. Was war das?«

»Nur dass ich heute Nachmittag noch einmal Dr. Spedros Pflegeheim besucht habe. Dabei stellte ich fest, dass Mary Latimer das Heim verlassen hatte. Die Stationsschwester erklärte mir, Mary Latimer habe sich bemerkenswert schnell erholt.«

»Das erklärt immerhin, wieso sie schon wieder in der Lage war, herumzulaufen und auf uns zu warten.«

Er nickte, dann sah er auf die Uhr im Armaturenbrett. »Ich muss mich beeilen. Ich habe Bob Harridge gebeten, um zehn Uhr bei uns zu sein. Und jetzt geht es schon auf zwanzig vor.«

»Bob Harridge?«, fragte Rona verwundert. »Was willst du denn von dem?«

»Mein Kollege Loman – du kennst ihn ja – hat ein paar Recherchen eingeholt. Und dabei ist er dahintergekommen, dass unser Dennis Mary Latimer ziemlich oft getroffen hat. Bob Harridge war es, der die beiden miteinander bekannt machte. Ich denke, Bob kann uns vielleicht das eine oder andere erklären. Möglicherweise kommt durch ihn ein bisschen mehr Licht in die ganze Angelegenheit!«

Als sie sich der Roehampton Road näherten, entschied sich Rona, ihrem Vater doch von der geheimnisvollen Mitteilung zu erzählen, die sie in dem zurückgeschickten Rollenmanuskript gefunden hatte.

»Das ist nun schon zum dritten Mal, dass wir bedroht werden für den Fall, dass du die Untersuchung nicht aufgibst«, erinnerte sie ihn.

Er wandte sich ihr zu und lächelte sie kurz an.

»Ich habe in meinem Leben schon eine Menge derartiger Warnungen bekommen«, sagte er, den Blick auf die Straße gerichtet. »So etwas gehört nun mal zu meinem Beruf. Ich habe solche Drohungen nie sehr ernst genommen.«

Er zögerte einen Augenblick, ehe er fortfuhr: »Übrigens – was deinen Freund Carl Knight betrifft – ich weiß nicht... Mir wäre es am liebsten, du würdest ihn eine Weile nicht sehen. Überhaupt meine ich, es wäre eine gute Idee, wenn du Tante Kitty ein paar Tage besuchen würdest. Du kannst ein wenig Erholung gebrauchen, Rona, und die Luft dort in Dorset wird dir bestimmt guttun.«

Rona schüttelte entschieden den Kopf. »Jetzt, da du mitten in diesem schwierigen Fall drinsteckst, soll ich dich allein lassen? Kommt gar nicht in Frage, Vater! Schließlich war Dennis mein Bruder. Und wenn ich in dieser Sache nur im Geringsten nützen kann, darf ich nicht einfach davonlaufen. Das habe ich auch zu Carl gesagt.«

»Und was meint Carl dazu?«, fragte Houston.

»Er war ziemlich außer sich. Er versuchte mir klarzumachen, die Tatsache, dass du dich mit dem Kelford-Fall befasst, habe schon einen aus unserer Familie das Leben gekostet. Und es könne sein, dass noch andere...«

»Hast du ihn gefragt, wie er darauf kommt?«

»Er wollte es mir nicht sagen...«

Mike Houston hätschelte ihre Hand. »Du bist ein gutes Kind«, sagte er weich. »Deine Mutter wäre auf dich genauso stolz gewesen, wie ich es heute bin. Mach dir keine Sorgen, Rona! Wir werden den Fall schon klären. Und vielleicht dauert es gar nicht einmal so lange...«

Als sie zu Hause ankamen, stand Bob Harridges offener Zweisitzer vor ihrer Tür. Bob ging vor dem Hause auf und ab.

Mike Houston stieg schnell aus und entschuldigte sich. »Tut mir leid, dass Sie so lange warten mussten.«

»Das macht doch nichts, Sir«, versicherte Bob Harridge. »Ich habe inzwischen ein bisschen Luft geschnappt. Tut mir auch mal ganz gut!«

Er folgte Houston und Rona ins Haus.

Houston bat ihn ins Wohnzimmer. »Nehmen Sie bitte Platz!« Er zog die Vorhänge zu und wandte sich wieder Bob zu. »Ziemlich kühl hier, finden Sie nicht auch?« Er schaltete einen elektrischen Heizofen ein. Rona legte inzwischen in der Diele Hut und Mantel ab und kämmte sich. Als sie ins Zimmer trat, hatte ihr Vater dem jungen Bankangestellten gerade über Mary Latimers Tod berichtet.

»Aber was bedeutet das alles, Mister Houston?«, fragte Bob Harridge erregt. »Und was steckt dahinter?«

»Das möchte ich auch wissen«, erwiderte Houston ruhig. »Und das ist auch der Grund dafür, dass ich Sie heute Abend hierhergebeten habe, Bob. Ich dachte, Sie könnten mir vielleicht helfen, den einen oder anderen dunklen Punkt ein wenig zu erhellen.«

Bob Harridge schüttelte den Kopf, »Ich wünschte, ich könnte es«, sagte er und stieß einen Seufzer aus. »Aber ich tappe auch im Dunkeln. Die Leute in der Bank haben mir alle möglichen Fragen gestellt. Aber ich habe ihnen nicht viel sagen können. Mary Latimer haben Dennis und ich bei derselben Gelegenheit kennengelernt – auf einem Tanzfest. Ich glaube, er hat sie später noch ein paarmal getroffen, aber ich habe mich nicht weiter darum gekümmert. Das Mädchen interessierte mich nicht. Gar nicht mein Typ.«

»Haben Sie Mary noch einmal gesehen?«, fragte

Houston.

Harridge nickte. »Wir gingen zu viert ein- oder zweimal ins Theater – Dennis, Mary, ich und Cynthia Harper aus unserer Filiale im Westend. Aber wenn ich mich recht erinnere, habe ich mit Mary Latimer kaum ein paar Minuten gesprochen. Ich weiß nicht einmal mehr, worüber.«

»Warum hast du sie dann in dieser Cafeteria getroffen?«, mischte sich Rona ein.

Bob Harridge runzelte die Stirn. »Ja, das ist auch so eine merkwürdige Sache. Mary Latimer rief mich im Büro an und bat mich, sie zu treffen. Sie habe mir etwas Wichtiges über Dennis mitzuteilen. Wie du weißt, Rona, trafen wir uns in dieser Cafeteria. Aber bis du dann kamst, Rona, sagte sie kein Wort über Dennis, und während du dabei warst, auch nicht. Später, als ich sie danach fragen wollte, tat sie plötzlich sehr eilig, sie habe etwas sehr Dringendes zu erledigen, und sie stürzte davon. Ließ mich einfach stehen und verschwand!«

Houston und Rona hatten Bobs Erzählung aufmerksam zugehört. »Seltsam«, murmelte Mike Houston. »Sehr merkwürdig...«

»Warst du derjenige, der mir mein Manuskript zurückgeschickt hat?«, fragte Rona und sah Bob Harridge an.

Er zog verwundert die Augenbrauen hoch. »Welches Manuskript, Rona? Ich habe keines gesehen. Meinst du, in dem Café?«

»Ich bin mir nicht sicher, wo ich es habe liegen lassen«, sagte Rona ratlos. »Es kann auch sein, dass ich es auf der Straße verloren habe.«

Mike Houston trommelte mit den Fingern der rechten Hand auf der Armlehne des Sessels. »Sie wissen also auch nichts weiter über diese Mary Latimer, Bob?«, fragte er. »Auch nicht, wovon sie lebte? War sie irgendwo angestellt, oder?«

»Darüber hat sie nie ein Wort verloren«, versicherte Bob Harridge eilig. »Irgendwie machte sie auf mich immer den Eindruck, dass sie ein etwas unsteter Typ sei, wenn Sie wissen, was ich meine. Sie wirkte so rastlos und durch und durch unkonventionell. Sie war nicht übel, das nicht. Aber ich habe mich immer gewundert, dass ausgerechnet ein Mann wie Dennis sich so stark für sie interessierte – jedenfalls kam es mir so vor?«, fügte er einschränkend hinzu.

Rona warf ihrem Vater einen schnellen Blick zu. »Möglich, dass er sie deshalb nie mit hierher nach Hause brachte«, sagte sie leise.

Bob Harridge sah von einem zum anderen und senkte den Kopf, ehe er weitersprach. »Was Dennis und Mary Latimer betraf, wurde ich ein gewisses Gefühl nie ganz los.«

Er stockte und schien nach Worten zu suchen. »Wissen Sie, die anderen jungen Leute in der Bank, die reden gern von ihren Freundinnen und geben auch ein bisschen damit an, Sie wissen schon... Dennis aber – er sagte nie ein Wort über Mary Latimer. Er erwähnte sie nie, das weiß ich ganz genau. Es war, als ob es sie gar nicht gäbe. So hielt er dicht, wenn ich es so nennen darf. Und das brachte mich auf den Gedanken...«

»Ja?«, fiel Houston ein.

Bob Harridge wand sich. Offenbar war ihm der Punkt, an dem das Gespräch angelangt war, ziemlich unangenehm.

»Nun ja«, sagte er schließlich, »ich fragte mich, ob sie vielleicht – wie soll ich es ausdrücken? – ob Mary Latimer vielleicht in irgendeiner Form gewissermaßen Gewalt über ihn hatte. Es muss nichts Ernstes gewesen sein, aber ich habe mich manchmal gewundert...«

Er drehte sich zu Houston. »Dennis konnte recht

verschlossen sein, Sir. Das werden Sie auch wissen. Erst recht, nachdem offenbar feststeht, dass er auch Ihnen gegenüber das Mädchen mit keinem Wort erwähnt hat.«

»Ja, er war ein wenig scheu«, sagte Rona und nickte. »Über seine privatesten Angelegenheiten hat er nie mit uns gesprochen. Auch nicht andeutungsweise.«

»Wie gesagt – er war verschlossen«, fuhr Bob Harridge fort. »Und so kann ich Ihnen außer ein paar Eindrücken, die sicher nicht sehr aufschlussreich sind, nichts über diese Sache erzählen. Ich habe Ihnen alles gesagt, was ich weiß, Sir. Tut mir leid, dass ich Ihnen nicht ein bisschen mehr helfen kann. Die ganze Affäre scheint ja immer rätselhafter zu werden.«

Houston nickte. »Jedenfalls wäre ich Ihnen sehr dankbar, Bob, wenn Sie auch in Zukunft Augen und Ohren offen hielten. Lassen Sie mich alles wissen, was auch nur im Geringsten wichtig sein könnte!«

»Selbstverständlich, Sir«, Bob stand auf.

»Ich bringe Sie hinunter«, sagte Houston.

»Und ich komme mit«, erklärte Rona. »Ich habe im Auto etwas vergessen.«

Mike Houston öffnete die Haustür. Er kniff die Augen zusammen. Nach der hellen Beleuchtung im Hausflur wirkte die Nacht draußen stockdunkel.

Bob Harridge stand neben ihm. »Also auf Wiedersehen«, wandte er sich an Rona, die hinter ihm wartete, dass er und ihr Vater hinaustraten in die Nacht.

In diesem Augenblick geschah es. Ein Automotor heulte auf. Es krachte dreimal. Mike Houston hörte eine Kugel pfeifen, dicht über seinem Kopf, sie klatschte irgendwo hinein...

Houston riss blitzschnell Harridge zurück. Rona schrie auf. Dann war es vorbei. Das Auto verschwand im Dunkel der Nacht. Bob Harridge umklammerte den Pfosten am Fuß der Treppe. Er sah blass aus.

»Alles in Ordnung, Bob?«, fragte Houston schnell.

Harridge murmelte etwas. »Kommen Sie, wir gehen am besten wieder in die Wohnung zurück«, sagte Houston.

»War das einer, oder waren es mehrere?«, fragte Rona, die sich bereits wieder beruhigt hatte. Die Erfahrungen der letzten Tage hatten sie an Überraschungen gewöhnt, auch an gefährliche.

»Konnte ich nicht erkennen«, sagte Houston. »Meine Augen hatten sich noch nicht genügend an die Dunkelheit gewöhnt. Ich habe eine Hand gesehen, die Hand mit der Waffe. Das war alles, und auch das nur für Sekunden oder Bruchteile davon. Der Wagen raste ja vorbei wie irre!«

Sie waren wieder im Wohnzimmer. Houston griff nach der Whiskyflasche. »Bring uns Gläser, Rona. Ich glaube, auf den Schrecken hin können wir einen Schluck vertragen. Wie die Zielscheiben haben wir in der hell erleuchteten Tür gestanden. Ein Wunder, dass keiner getroffen worden ist!«

Langsam kehrte die Farbe in Bob Harridges Gesicht zurück.

»Keine Sorge«, beruhigte ihn Houston. »Für heute Nacht haben wir Ruhe. Es kommt eigentlich nie vor, dass zwei Mal an einem Abend der Versuch gemacht wird...« Er unterbrach sich. »Aber ich werde einen Polizeiwagen hierher beordern, der Sie nach Hause begleiten soll!«

Er verließ das Zimmer, um zu telefonieren.

Als der Streifenwagen vor dem Hause stoppte, ging Houston hinaus, um sich zu vergewissern, dass die Luft rein sei. Dann verließ Bob Harridge das Haus und fuhr ab, gefolgt von dem Polizeifahrzeug.

»Armer Bob«, sagte Rona, als Houston nachdenklich ins Wohnzimmer zurückkehrte. »Ihn hat das alles sehr mitgenommen, findest du nicht? Ich glaube, so bald kommt er nicht mehr hierher zu uns. Was ich dich noch fragen wollte – hast du vorhin das Auto erkannt?«

»Es war eine große dunkle Limousine«, erklärte Houston ruhig.

»Eines verstehe ich nicht«, sagte Rona. »Wenn jemand dich verfolgt, warum sollte er, damit er seine Schüsse abgeben konnte, gewartet haben, bis du die Haustür aufmachtest? Woher wollte er überhaupt wissen, ob du das Haus in dieser Nacht noch einmal verlassen würdest?«

Houston sah seine Tochter an. »Ich glaube auch nicht, dass auf mich geschossen worden ist.«

Ungläubig öffnete Rona den Mund: »Du meinst, die Schüsse galten...«

»Ich denke, es spricht einiges dafür, dass Bob Harridge das Ziel war«, bekräftigte ihr Vater.

Der Detektiv-Superintendent schob den Stapel Berichte auf seinem Schreibtisch beiseite.

»Ich habe diese Berichte sehr gründlich studiert, mein lieber Houston, und ich komme nicht umhin, festzustellen...« Er zögerte.

»Sie wollen sagen, es sieht so aus, als ob mein Sohn Dennis in gewisser Weise mit der Organisation zu tun gehabt hat, die Sie der Entführung Susan Kelfords verdächtigen?« Mike Houstons Stimme klang fest und sachlich.

Der Superintendent nickte. »Gewisse Tatsachen scheinen in diese Richtung zu deuten. Sind Sie sicher, Houston, dass Sie diesen Fall weiter verfolgen möchten? Ich meine...«

»Ganz sicher«, unterbrach ihn Houston. »Wenn es sich bestätigen sollte, dass Dennis mit diesem Fall zusammenhängt, bin ich der geeignetste Mann, um diese

Untersuchung zu leiten.«

»Sie haben recht«, gab der Superintendent zu. »Ich weiß, wir können uns auf Sie verlassen, Mike«, fuhr er leise in vertraulichem Tone fort. »Ich wollte nur Ihre persönlichen Gefühle schonen für den Fall, dass da irgendetwas sein sollte, was...«

»Das ist sehr freundlich von Ihnen, Sir. Aber wenn man mir diesen Fall entzogen hätte – ich hätte meinen Abschied genommen und die Sache auf eigene Faust weiter untersucht.«

»In Ordnung, Houston. Kein Grund, dramatisch zu werden. Sie bleiben bei uns. Das fehlte ja gerade noch, dass ausgerechnet Sie...« Der Superintendent erhob sich und drückte Mike Houston fest die Hand.

Zehn Minuten später war Houston auf dem Weg zu Dr. Spedro, mit dem er vorsichtshalber einen Termin vereinbart hatte. Er wurde ins Wartezimmer geführt. Zu seiner Enttäuschung empfing ihn der Arzt dort und holte ihn nicht ins Sprechzimmer.

Houston kam sofort zur Sache und fragte, wie es möglich war, dass Mary Latimer schon wieder so fit war, um das Krankenhaus zu verlassen, obwohl sie doch vor weniger als vierundzwanzig Stunden auf einer Trage dorthin gebracht werden musste.

Spedro zuckte mit den Achseln. »Bei Herzattacken kann man das nie so genau sagen, Inspektor.«

»Stand sie denn unter Drogeneinfluss, als sie ins Heim gebracht wurde?«

»Mit Sicherheit nicht. Ich habe Ihnen doch gesagt, dass sie hier im Sprechzimmer zusammengebrochen ist.«

»Wenn sie sich so schlecht fühlte, warum ließ man sie dann gehen?«

»Ich glaube, dass sie gehen konnte, ohne dass es jemand bemerkte. Sie wissen doch, Inspektor, dass wir keinen Patienten dazu zwingen können, hierzubleiben. Wenn sich jemand entschließt zu gehen, dann geht er.«

Houston musste zugeben, dass die Antworten des Arztes plausibel klangen. Dennoch machte ihn Spedros Art, Antworten auszuweichen, etwas misstrauisch.

»Würden Sie mir erzählen, wie es dazu kam, dass sie Sie konsultierte«, fragte er.

»Gerne. Ein anderer Patient von mir, Sir Cedric Kelford, hat mich empfohlen.«

Bei Houston machte es innerlich klick.

»War sie denn eine Freundin von Sir Cedric?«, erkundigte er sich.

»Ich habe keine Ahnung. Aber zweifellos kann er Ihnen das sagen.«

»Wie lange konsultiert er sie schon?«

»Seit etwa drei Monaten. In letzter Zeit hat er mich öfters besucht. Sie wissen sicher, dass seine kleine Tochter entführt wurde. Die Sorgen um sie haben sein Herzleiden erheblich verschlimmert.«

Im Sprechzimmer klingelte das Telefon und Spedro ging hin, um abzunehmen. Houston folgte ihm in den Flur. Plötzlich öffnete sich die Tür des Sprechzimmers und Spedro sagte: »Scotland Yard möchte mit Ihnen sprechen.«

Als er zum Telefon ging, das am Fenster stand, versuchte Houston zu verbergen, dass er einen Blick auf den Kaminsims warf. Er hörte, wie Spedro die Tür schloss und drehte sich instinktiv um. Die gelbe Windmühle war noch da. Es konnte also offensichtlich nicht dieselbe sein, die Mary Latimer umklammerte, als sie ermordet wurde.

Inspektor Loman war am anderen Ende der Leitung und sagte Houston, dass ihn Sir Cedric Kelford dringend sprechen wollte.

Dann hörte Houston, dass Loman einhängte. Er

selbst wartet noch einen Augenblick ehe er den Hörer vom Ohr nahm, um ihn auf die Gabel zu legen.

Und es geschah das, was er erwartet hatte: In der Leitung knackte es! Houston kannte das Geräusch. Jemand hatte von einem Nebenanschluss aus das Gespräch zwischen ihm und Loman mitgehört.

Als Houston in die Halle hinaustrat, kam Dr. Spedro gerade die Treppe herunter.

»Ich muss jetzt gehen«, sagte Houston. »Nur noch etwas, Doktor. Sie werden bei der Leichenschau als Zeuge auftreten müssen. Mary Latimer war ja Ihre Patientin.« Er nannte ihm Ort und Zeit.

Sie verabschiedeten sich voneinander. Dr. Spedro sah Houston dabei offen in die Augen. Mike Houston beschloss, sofort zu Sir Cedric Kelford zu fahren.

Der Bankpräsident bewohnte ein elegantes Haus am Eaton-Platz. Auf dem Wege dorthin dachte Houston über seinen Besuch bei Dr. Spedro nach.

Was sollte er von dem Arzt halten?

Sicherlich war Spedro nicht der herkömmliche Typ des braven Hausarztes. Er schien mehr ein »Modearzt« zu sein, und bestimmt gab es Patienten in gewissen Kreisen, die es »schick« fanden, von Dr. Spedro behandelt zu werden. Dazu kam das ziemlich exotische Aussehen des Arztes.

Er wirkt einigermaßen undurchschaubar, dachte Houston. Aber er musste sich eingestehen, dass Spedros Angaben über die Krankheit Mary Latimers den Tatsachen entsprochen hatten. In dem Bericht über die Obduktion stand, dass Mary Latimer tatsächlich an einer Herzkrankheit gelitten hatte.

Houston wurde sofort ins Arbeitszimmer Sir Cedric Kelfords geführt.

Noch ehe der Bankier ihn begrüßte, erkannte Houston, dass Kelford sehr erregt war.

Kelford deutete auf ein Blatt Papier, das auf seinem Schreibtisch lag. »Hier, Inspektor!«

Houston trat neben ihn und beugte sich über das Blatt, um zu lesen. Er fasste es nicht an.

»Ihre Tochter lebt, und ihr geht es gut«, lautete die Mitteilung. Sie war mit der Maschine geschrieben. »Wenn Sie sie wiedersehen wollen, deponieren Sie am Samstagabend, zehn Uhr, 7000 Pfund in der Telefonzelle am Ende der Oasthouse Lane in Haydock Green. Warten Sie in der Nähe der Zelle. Nehmen Sie keine Verbindung mit der Polizei auf. Sonst werden Sie Ihr Kind nie wiedersehen.«

Der lang erwartete Erpresserbrief! Endlich, dachte Houston. Vielleicht liefert er uns eine neue Spur. Kelford sah ihn gespannt an.

»Kann ich auch den Umschlag sehen, Sir?«, fragte Houston.

Er betrachtete das Kuvert prüfend, fasste den Brief mit einer Pinzette, die auf dem Schreibtisch lag, und schob ihn in den Umschlag.

»Geben Sie mir den Brief mit, Sir«, sagte Houston. »Vielleicht können wir was damit anfangen. Ich rufe Sie deswegen heute noch einmal an. Sie haben doch zu keinem Menschen darüber gesprochen?«

Kelford schüttelte den Kopf. »Natürlich nicht. Aber ich verlasse mich ganz auf Sie, Houston. Es darf nichts schiefgehen, was Susan betrifft. Sie wissen – ich hätte Sie nicht von diesem Brief zu benachrichtigen brauchen. Ich hätte einfach zahlen können, und...«

»Aber Sie irren sich, wenn Sie meinen, Sie würden Susan so ohne Weiteres zurück bekommen, wie es der Erpresserbrief verspricht«, erklärte Houston.

Nachdem er Kelford verlassen hatte, fuhr Houston zu Scotland Yard zurück und übergab den Erpresserbrief den Fingerabdruckspezialisten. Er war noch dabei, Inspektor Loman über die neuesten Entwicklungen zu informieren, als schon wieder das Telefon klingelte. Rona war am Apparat. »Ich fahre jetzt in die Stadt, Vater. Carl hat mich eben angerufen und mir gesagt, dass Ambrose Wyler sich für das Fernsehfrühstück interessiert, und ich soll auch bei ihm meine Rolle spielen«, sprudelte sie hervor.

»Wer ist Ambrose Wyler?«, fragte Houston.

»Aber Vater! Du weißt doch – der bekannte Theaterproduzent.«

»Ach so, ja«, sagte Houston schnell. »Jetzt erinnere ich mich. Und er will das Stück mit dir auf der Bühne herausbringen? Das freut mich aber.«

Plötzlich kam ihm ein neuer Gedanke. Sie hatte von Carl gesprochen. Carl Knight.

»Moment noch, Rona«, sagte Houston. »Was ich noch fragen wollte – hast du vielleicht einen mit der Maschine geschriebenen Brief deines Freundes Knight?«

»Ja, ich glaube, ich habe noch ein Filmexposé, das er mir mal geschickt hat. Er sagte mir, er habe es selbst getippt.«

»Kannst du es hier im Yard abgeben, wenn du in die Stadt kommst, Rona? Steck ihn in einen Umschlag und adressiere ihn an mich persönlich. Ich lasse den Brief dann unten abholen.«

»Ich komme so schnell wie möglich«, versicherte Rona und hängte ein.

Die Büros des Theaterproduzenten Ambrose Wyler waren in einem Neubau in der St.-James-Street untergebracht. Rona kam zehn Minuten zu früh. Aufgeregt durch die Aussicht, ihre Rolle auch auf der Bühne spielen zu können, ging sie unruhig in dem elegant möblierten Wartezimmer auf und ab.

Plötzlich wurde die Tür geöffnet, und ein Mann in einer Chauffeuruniform trat ein.

»Miss Houston?«

»Ja«, sagte Rona erstaunt. »Sie wünschen?«

»Es tut mir leid, Miss Houston«, sagte der Chauffeur. »Aber Ihrem Vater...«

Rona durchfuhr ein eisiger Schrecken. »Was ist mit ihm?«, stieß sie hervor.

»Nichts Ernstes, Miss«, beruhigte sie der Mann. »Wirklich nicht. Ein kleiner Zwischenfall. Aber er hat nach Ihnen gefragt. Könnten Sie vielleicht...«

»Ja, aber selbstverständlich«, rief Rona.

»Ich habe einen Wagen draußen«, sagte der Mann in der Chauffeursuniform. »Es dauert höchstens zehn Minuten.«

Ronas Herz klopfte wild, als sie ihm die Treppe hinunter folgte.

Sie hatte sich mit ihrem Vater für sieben Uhr abends in Danilos Restaurant verabredet gehabt. Aber nun...

»Sind Sie sicher, dass es nichts Ernstes ist?«, fragte sie den Chauffeur.

»Der Arzt hat mir versichert, es sei kein Grund zur Besorgnis vorhanden, Miss«, antwortete er höflich. »Und ich glaube ihm.«

Er öffnete die Tür eines großen schwarzen Cadillacs und hielt sie für Rona offen.

Erst, als der Chauffeur die Tür geschlossen hatte, bemerkte Rona, dass hinten jemand saß.

Der Mann lehnte in der Ecke. Nun beugte er sich vor. Rona sah ihn mit weit aufgerissenen Augen an. Der Mann lächelte.

»Ich glaube, ich hatte leider noch nicht das Vergnügen, Ihnen vorgestellt zu werden, Miss Houston«, sagte er.

In diesem Augenblick, noch ehe er seinen Namen

nennen konnte, erkannte sie ihn.

Es war Dr. Spedro!

5

Sie wusste, es war zu spät. Aussteigen konnte sie nicht mehr. Der Fahrer war schnell hinter das Steuer des riesigen Cadillacs geglitten und gab Gas.

Sie starrte den kleinen, ziemlich dunkelhäutigen Mann auf dem Rücksitz an. Sie versuchte sich zu beherrschen trotz der Angst, die in ihr aufstieg. Was hatte er mit ihr vor?

Er sah sie ruhig an. »Ihr Vater hat Ihnen gegenüber vielleicht einmal meinen Namen erwähnt, Miss Houston – ich bin Dr. Spedro.«

Rona konnte nur nicken. Sie brachte kein Wort heraus.

»Ich muss mich für die kleine Täuschung entschuldigen, Miss Houston«, fuhr Dr. Spedro fort.

»Bitte, seien Sie nicht aufgeregt! Ihrem Vater ist überhaupt nichts passiert. Soweit ich weiß, geht es ihm gut.«

Rona konnte kaum noch an sich halten. Sie überlegte, ob sie das Fenster herunterkurbeln und um Hilfe schreien sollte. Aber sicherlich würde sie nicht dazu kommen. Da war Spedro, da war der Fahrer. Es blieb ihr nur übrig, sich zunächst mit allem, was in diesen Minuten geschah, abzufinden.

»Und was wollen Sie von mir?«, fragte sie ärgerlich.

»Seien Sie nicht böse, Miss Houston. Nur eine kleine Unterhaltung. Ich schlage vor, wir fahren zehn Minuten lang um den St.-James-Park. Zehn Minuten... – das wird reichen.«

Rona schwieg, und offenbar legte Spedro ihr Schweigen als Zustimmung aus. Er gab dem Fahrer einen Wink, und der Mann nickte und bog in die weite Kurve am Anfang der St.-James-Street ein.

»Ihr Vater scheint unter dem Eindruck zu stehen, dass ich in irgendeiner Weise in den Mord an einem Mann namens Nobbler Williams verwickelt bin«, fuhr Spedro fort.

»Tut mir leid«, sagte Rona kühl. Aber mein Vater pflegt nicht mit mir über seine beruflichen Angelegenheiten zu sprechen.«

»Sicher macht er in diesem Fall eine Ausnahme«, beharrte Dr. Spedro. »Sollte ich ihn missverstanden haben – oder sagte er, dass Mary Latimer eine Freundin von Ihnen war?«

»Eine Freundin? Kaum. Sie kannte meinen Bruder.«

Ihr abweisender Ton entging ihm nicht. »Ich bemühe mich nur, der Polizei zu helfen«, sagte er. »Ich habe alles über Mary Latimer erzählt, was ich weiß. Es war leider nicht viel. Aber dafür kann ich nichts. Hat Ihr Vater schon irgendeinen Hinweis gefunden, wer der Mörder sein könnte?«

Rona warf ihm einen scharfen Blick zu, in den sie all ihre Abneigung zu legen versuchte. »Ich habe Ihnen doch schon erklärt, Doktor, dass mein Vater mit mir über solche Dinge nicht spricht. Und wenn er es täte – ich wüsste nicht, warum ich Sie ins Vertrauen ziehen sollte. Fragen Sie ihn doch selbst, wenn Sie etwas wissen wollen!«

Rona redete sich in Zorn.

»Aber Miss Houston!«

»Ach, hören Sie auf, Doktor! Warum interessieren Sie sich überhaupt so stark für diesen Fall? Nur, weil das Mädchen Ihre Patientin war? Oder haben Sie noch einen anderen Grund?«

Der Fahrer tat, als ob er von alledem nichts hörte. Stumm konzentrierte er sich auf den Verkehr.

Dr. Spedro ließ Rona nicht aus den Augen, während er die Mittagsausgabe einer Zeitung aus der Manteltasche zog. Er faltete sie auseinander und hielt sie so, dass Rona die erste Seite sehen konnte.

In der Schlagzeile stand der Name Mary Latimer.

»Vielleicht lesen Sie mal, was in dem Artikel steht«, sagte Spedro und drückte Rona das Blatt in die Hand.

Rona las. Der Verfasser des Berichts vermutete, die gelbe Windmühle, die Mary Latimer bei ihrem Tod in der Hand gehalten hatte, könne die Polizei auf eine wichtige Spur bringen. Er hatte auch herausbekommen, dass nach der Ermordung von Dennis Houston die Zeichnung einer gelben Windmühle auf dem Fernsehgerät im Wohnzimmer der Houstons gefunden worden war. Der Artikelschreiber brachte die beiden Fälle miteinander in Verbindung und stellte allerlei Kombinationen und Vermutungen an.

Rona Houston blickte auf und hatte das Gefühl, dass Dr. Spedro sie, während sie las, unablässig beobachtet hatte.

Sie reichte ihm die Zeitung zurück. Er warf das Blatt, ohne es anzusehen, neben sich auf den Sitz.

»Ihr Vater hat entdeckt, dass in meinem Sprechzimmer eine gelbe Windmühle steht, Miss Houston«, sagte Dr. Spedro leise und eindringlich. »Er schien dieser Tatsache sehr viel Wichtigkeit beizumessen. Er benahm sich ein wenig seltsam, wenn ich das sagen darf. Er stellte keine direkten Fragen, sondern redete um die Sache herum. Ich konnte mir keinen Vers darauf machen. Aber jetzt, nachdem ich diesen Artikel gelesen habe, ist mir natürlich klar, warum er sich so stark für meine kleine gelbe Windmühle interessierte.«

»Na schön«, sagte Rona, immer noch ärgerlich. »Warum gehen Sie dann nicht zu ihm und erzählen ihm alles über die kleine gelbe Windmühle?«

Dr. Spedro beugte sich vor. Rona wich ein wenig zurück.

»Meine liebe junge Dame, da ist nichts zu erzählen. Mein Modell einer gelben Windmühle ist nur ein Souvenir. Ich habe sie von einem kurzen Besuch in Amsterdam mitgebracht. Das ist alles.«

»Dann weiß ich nicht, worüber Sie sich so viel Gedanken machen«, sagte Rona abweisend.

»Das werden Sie sofort verstehen, Miss Houston! Ich wünschte, Ihr Vater würde endlich begreifen, dass ich ein angesehener Arzt bin, der einen Ruf zu verlieren hat. Ich kann es mir einfach nicht leisten, dass die Polizei in meinem Haus aus und ein geht. Und ich möchte schon gar nicht in irgendwelche zwielichtige Affären verwickelt oder damit in Zusammenhang gebracht werden. Das müssen Sie doch verstehen! Was sollen meine Patienten denken, wenn sie erfahren, dass bei mir...«

Rona war plötzlich ratlos. Vieles von dem, was Dr. Spedro gesagt hatte, leuchtete ihr ein. Der Ernst, mit dem er sprach, beeindruckte sie.

»Mein Vater ist immer sehr vorsichtig, ehe er Beschuldigungen erhebt«, sagte sie leise. »Aber wenn Sie es für richtig halten – gut, dann werde ich ihm mitteilen, was Sie mir gesagt haben.«

Dr. Spedro verneigte sich höflich im Sitzen. »Mehr wollte ich nicht, Miss Houston. Ich danke Ihnen.« Er blickte durchs Wagenfenster. »Wie ich sehe, sind wir schon wieder in der Nähe des Büros, aus dem wir Sie abgeholt haben. Ich hoffe, Sie verzeihen mir die kleine List, die ich angewandt habe, um Sie in dieses Auto zu locken. Aber ich sah keinen anderen Weg. Wie Sie nun wissen, war alles ganz harmlos.«

Er verabschiedete sich unter vielen Entschuldigungen von Rona, die etwas freundlicher reagierte, aber kühl blieb.

Vor dem großen Bürogebäude, in dem der Theaterdirektor Ambrose Wyler residierte, stieg sie aus. Einen Augenblick blieb sie am Rand des Bürgersteigs stehen, um dem großen Cadillac nachzusehen, der langsam davonfuhr. Ein merkwürdiger Mensch, dieser Dr. Spedro, dachte sie, als sie auf den Eingang des Bürohauses zuging.

Sie sah auf die Uhr. Trotz der unvorhergesehenen Fahrt mit Spedro kam sie zu ihrer Verabredung mit Wyler noch rechtzeitig.

Sie drückte den Aufzugknopf und verfolgte die Signallichter auf der Anzeigetafel, als sie hinter sich schnelle Schritte hörte.

Eine Hand berührte ihren Ellenbogen. Sie fuhr herum. Hinter ihr stand Carl Knight. Er sah blass und abgespannt aus.

»Wessen Wagen war das?«, fragte er schnell. Seine Augen flackerten.

Rona brauchte ein paar Sekunden, um sich von ihrer Überraschung zu erholen. Sie sah Carl aufmerksam an. »Er gehört Dr. Spedro«, sagte sie dann. »Warum willst du das wissen?«

Carl Knight antwortete nicht auf ihre Frage. »Wer ist er? Was weißt du über ihn?«, fuhr er fort.

Rona runzelte die Stirn. »Praktisch nichts. Er war Mary Latimers Arzt. Deshalb wollte er von mir erfahren, ob mein Vater schon eine Spur ihres Mörders entdeckt hat. Aber warum fragst du, Carl?«

Carl Knight zwang sich zu einem Lächeln. »Tut mir leid, Rona. Aber ich habe mir Sorgen um dich gemacht. Du solltest wirklich nicht so unvorsichtig sein und dich von Fremden im Auto mitnehmen lassen. Man kann doch nie wissen...«

»Du übertreibst, Carl.«

Er warf einen Blick auf ihre Armbanduhr.

»Komm!« Die Aufzugtüren glitten auseinander. »Wir dürfen den großen Theaterdirektor nicht warten lassen«, sagte Carl Knight.

Das Gutachten der Experten von Scotland Yard fiel so aus, wie Mike Houston es erwartet hatte. Der Erpresserbrief an Sir Cedric Kelford und das Filmmanuskript von Carl Knight, das Rona ihrem Vater besorgt hatte, waren auf derselben Maschine geschrieben!

Den ganzen Nachmittag über versuchte Houston den Dramatiker zu erreichen. Er rief mehrmals in Knights Wohnung an, aber niemand meldete sich.

Houston überlegte. Er wollte Carl Knight möglichst schnell finden, um ihm einige wichtige Fragen zu stellen. Die wichtigste: Wer außer Knight hatte Zugang zu dieser Maschine?

Mike Houston rief im Büro des Theaterdirektors Ambrose Wyler an. Eine Sekretärin erklärte ihm, Knight sei gegen Mittag gekommen und bald wieder fortgegangen.

Schließlich kam Wyler selbst an den Apparat. »Er wollte noch ein Filmstudio besuchen, aber fragen Sie mich bitte nicht, welches. Ich habe es vergessen. Ich weiß nur noch, es war eines von denen, die ziemlich weit draußen liegen.«

Inspektor Mike Houston entschied sich, später noch einmal einen Versuch zu machen, Knight zu finden. Er fuhr nach Marylebone und zog ein paar Erkundigungen über Dr. Spedro ein.

Zehn Minuten früher als mit Rona verabredet traf er am Abend in Danilos Restaurant ein. Er ging zur Telefonzelle und rief Sir Cedric Kelford an.

»Haben Sie schon etwas Neues von Susans Entführer gehört, Sir Cedric?«

»Seit der Erpresserbrief angekommen ist, nicht mehr,

Inspektor.«

»Gut, Sir. Wir bleiben weiter in Verbindung. Ich muss mir noch einiges durch den Kopf gehen lassen. Ich darf Sie später noch einmal anrufen?«

Sir Cedric Kelford stimmte zu.

»Sie können auch herkommen, wenn Sie wollen.«

Houston stellte fest, dass seine Tochter sehr zufrieden aussah, als sie das Restaurant betrat.

»Na, hast du wieder neue Mahnungen für mich, den Fall aufzugeben?«, fragte er, nachdem sie das Essen bestellt hatten.

»Das nicht, Vater, aber...«

Sie erzählte ihm von ihrem Gespräch mit Dr. Spedro und auf welche Art der Arzt sie in seinen Wagen gelockt hatte. Sie sah, dass ihr Vater sich während ihrer Erzählung sehr unbehaglich fühlte.

»Eigentlich ein ziemlich starkes Stück, was Spedro sich da geleistet hat«, murmelte Mike Houston.

»Hast du etwas Neues über ihn herausbekommen?«, fragte Rona.

Houston machte eine unwirsche Bewegung mit der Hand. Was ihn betrifft, das ist eines der anstrengendsten Kapitel der ganzen Sache! Mir gefällt dieser Bursche, offen gesagt, überhaupt nicht. Ich mag seinen Blick nicht. Und die Art, wie er redet. Immer ausweichend, nie zu fassen. Fast den ganzen Nachmittag habe ich damit zugebracht, Erkundigungen über ihn einzuziehen. Aber ich habe nichts wirklich Verdächtiges entdecken können. Ein oder zwei große Kapazitäten in den Kliniken sprachen sehr gut von ihm. Na ja, lassen wir das. Im Augenblick interessiere ich mich eher für deinen Freund Carl Knight.«

»Carl?«, wiederholte sie leicht überrascht. »Ich habe ihn zu Mittag in Wylers Büro gesehen. Er war schrecklich nett und bestand darauf, dass ich die Rolle übernehmen sollte, wenn das Stück weitergeht.«

»Das ist wunderbar«, nickte Houston. »Ich drücke dir die Daumen.«

»Und danach«, fuhr sie fort, »hat Carl mich zum Mittagessen eingeladen und wir haben schön geplaudert.«

»Hat er dir gesagt, wohin er danach gehen wollte?«

»Er hatte einen Termin in den Filmstudios in Shepperton. Wieso denn?«

»Weil ich den ganzen Nachmittag über versucht habe, ihn zu erreichen.«

»Ist etwas nicht in Ordnung?«

»Wir dachten, dass er uns vielleicht in ein oder zwei Punkten Klarheit verschaffen könne. Loman wird ihn morgen früh bei sich zu Hause aufsuchen.«

Rona sah besorgt aus. »Das klingt wie eine jener Sätze der Polizei, die gesagt werden, wenn sie glauben, dass eine Aussage einer bestimmten Person zum Mörder führen. Und eigentlich weiß man, dass diese Person genau diejenige ist, die sie wegen des Verbrechens suchen.«

Houston lachte. »So schlimm ist es nicht.«

Nachdem sie mit dem Essen fertig waren, wartete Houston im etwas beengten Vorraum des Restaurants auf Rona.

Als sie ihr Essen beendet hatten, wartete Houston im etwas beengten Vorraum des Restaurants auf Rona, als er zufällig Bob Harridge traf.

»Schön, sie zu treffen, Inspektor«, sagte Harridge. »Ich habe etwas, das Sie vielleicht interessieren könnte. Es geht um Mary Latimer.« Sie begaben sich in eine Ecke des Vorraums, wo man sie weniger hören konnte. »Ich war zum Mittagessen in einem Pub namens ›Die aufgehende Sonne‹, gleich hinter Cheapside, als ich zufällig hörte, dass der Kellner mit einigen Stammgästen sprach. Sie hatten über Mary Latimer in der Mittagsausgabe gelesen. Der Kellner erzählte, dass sie oft dort vorbei schaute, obwohl er ihren Namen nicht kannte. Ein oder zwei Stammgäste konnten sich auch an sie erinnern. Ich weiß nicht, ob Ihnen diese Information etwas nützt, Sir. Aber ich dachte, vielleicht können Sie damit was anfangen. Es wäre doch möglich, dass sie dorthin ging, um jemanden zu treffen.«

»Ich bin Ihnen sehr dankbar«, sagte Houston.

»Ah, da drüben sehe ich den Mann kommen, mit dem ich hier verabredet bin, Sir. Also, auf Wiedersehen«, sagte Harridge schnell.

»Wenn ich etwas Neues erfahre, rufe ich Sie an.« Er verschwand mit dem anderen im Lokal.

Als Rona zurückkehrte, bat Houston sie, ihn zur Wohnung von Sir Cedric Kelford zu fahren. Rona setzte ihn vor dem Haus ab und fuhr weiter.

Fast zu seiner Überraschung wurde Houston von dem Butler nicht in Kelfords Arbeitszimmer, sondern ins Wohnzimmer geführt.

Sir Cedric Kelford sprach mit einer auffallenden rothaarigen Frau. Sie trug einen leichten Übergangsmantel, dem man ansah, dass er teuer gewesen war. Houston schätzte sie auf Mitte Vierzig. Auf einem kleinen Tisch standen zwei leere Likörgläser.

»Kommen Sie rein, Houston«, rief Sir Cedric, »kommen Sie!«

Er wandte sich zu der Rothaarigen. »Darf ich Sie mit Inspektor Houston bekannt machen, Mrs. Spedro?«

Wenn Houston bei der Nennung des Namens überrascht war, so verriet er es mit keiner Regung. Er verbeugte sich, sie plauderten ein paar Minuten über das Wetter, dann erklärte Mrs. Spedro, sie müsse gehen. Sie verabschiedete sich. Sir Cedric Kelford brachte sie zur Tür.

»Sie kennen Dr. Spedro ja inzwischen auch«, sagte er, als er zurückkehrte.

Houston nickte.

»Ein etwas seltsamer Vogel«, meinte Kelford. »Aber auf seine Weise ein sehr eindrucksvoller Mann. Übrigens, Mrs. Spedro war eine gute Freundin meiner Frau.«

»Ach, deshalb gehen Sie zu ihm«, sagte Houston gedehnt.

Sir Cedric Kelford hob mit einem Ruck den Kopf. »Woher wissen Sie, dass ich...«

»Er erwähnte es zufällig«, sagte Houston in gleichgültigem Ton. »Er sagte mir auch, dass Sie Mary Latimer empfohlen hätten.« Kelford überlegte. »Der Name ist mir bekannt, nur...«

»Er steht in allen Abendzeitungen«, erinnerte ihn Houston.

»Richtig«, rief Kelford. »Natürlich. Dieses Mädchen, das ermordet worden ist.«

Houston sah ihn scharf an. »Entschuldigen Sie, Sir Cedric, aber das klingt ja gerade so, als ob Sie Mary Latimer gar nicht gekannt hätten.«

Kelford schüttelte den Kopf.

»Ich habe sie auch nicht gekannt, Houston.«

»Und Sie haben sie auch nicht Dr. Spedro empfohlen?«

Kelford wurde ärgerlich. »Wie konnte ich das denn, wenn ich, wie ich Ihnen schon sagte, das Mädchen gar nicht kannte. Ich versichere Ihnen, Inspektor, ich habe ihren Namen zum ersten Mal gehört, als ich heute die Abendzeitungen las. Spedro muss sich irren.«

Houston schwieg. Dr. Spedro hatte die Behauptung, dass Mary Latimer auf Empfehlung Sir Cedric Kelfords seine Patientin geworden sei, mit einer solchen Sicherheit geäußert, dass es undenkbar schien, er könne sich geirrt haben. Oder hatte er aus irgendeinem Grund versucht, Houstons Gedanken auf eine etwa vorhandene Verbindung zwischen Mary Latimer und Sir Cedric Kelford hinzulenken? Oder log Kelford, wenn er abstritt, Mary Latimer gekannt zu haben?

»Reden wir lieber von was anderem«, hörte Houston Kelford sagen. »Wie stellen Sie sich die Sache morgen vor, Inspektor? Soll ich zahlen? Soll ich nicht?«

Seine Stimme klang ungeduldig. Wir halten es für richtig, dass Sie die Instruktionen des Erpressers genau befolgen, Sir«, sagte Houston ruhig, »Holen Sie das Geld von der Bank und deponieren Sie es in der von ihm angegebenen Telefonzelle in Haydock Green. – Sie sind doch dazu bereit, oder?«

Kelford nickte heftig. Seine Backenmuskeln spannten sich. »Wenn ich an meine kleine Susan denke, das arme Kind, dann bin ich zu allem bereit, Inspektor«, sagte er grimmig. Ich hoffe nur, Sie sorgen dafür, dass nichts dazwischen kommt.«

»Wir werden alle nur möglichen Vorkehrungen treffen«, versicherte Houston. »Natürlich ist das Wichtigste, dass Sie keinem Menschen von dem Erpresserbrief erzählen.«

Kelford hob ungeduldig die Hände. »Sie können sich darauf verlassen, Inspektor, dass ich keiner Menschenseele auch nur ein Sterbenswörtchen davon sage. Ich will mein Kind wiederhaben, und zwar bald, wer weiß, was noch geschieht, wenn wir jetzt nicht schnell handeln.«

Als Houston Kelfords Haus verlassen hatte und den Eaton Square entlangging, sah er, dass sich eine Gestalt näherte, die ihm bekannt vorkam. Sie trat in den Schein einer Straßenlaterne, und er erkannte sie. Es war Mrs. Spedro.

»Guten Abend, Inspektor«, eröffnete sie das Gespräch. »Es ist so ein milder Abend, für diese Jahreszeit mild, meine ich, und da dachte ich, es würde mir guttun, noch ein bisschen Luft zu schnappen.«

Sie ging neben ihm her. Houston fragte sich, ob sie auf ihn gewartet hatte. Aber nichts in ihrem Geplauder verriet, dass sie etwas von ihm wollte. »Kommen Sie mit bis zum Ende der Straße, Inspektor? Dort kann ich leicht ein Taxi finden.«

Houston willigte ein. Sie gingen langsam. Eine sehr attraktive Frau, dachte Houston und musterte sie heimlich von der Seite. Wenigstens in dieser Hinsicht schien Dr. Spedro einen ausgezeichneten Geschmack zu besitzen.

Houston wurde das Gefühl nicht los, dass Mrs. Spedro ihm etwas sagen wollte und sich nicht traute, es zu tun. Er beschloss, sie direkt zu fragen. »Wollten Sie mir irgendetwas mitteilen, Mrs. Spedro?«, fragte er offen.

Sie zögerte einen Moment, aber sie versuchte nicht auszuweichen.

»Ich kenne Ihre Familie besser, als Sie denken, Inspektor«, sagte sie mit fester Stimme.

Houston war überrascht, aber er verriet es mit keinem Wort.

»Dennis hat mir sehr viel von Ihnen erzählt«, kam es leise über ihre Lippen.

Houston blieb stehen. »Sie haben Dennis gekannt?«

Sie sah ihn prüfend an. Der Wind spielte mit ihrem roten Haar.

»Sehr gut sogar, Inspektor. Sie haben doch nichts dagegen?«

»Nein, nein...«

Houston geriet einen Augenblick in Verwirrung.

»Nur – wissen Sie, es vergeht kaum ein Tag, seit Dennis tot ist, an dem ich nicht jemanden kennenlerne, mit dem er befreundet war. Menschen, die er mir gegenüber nie erwähnt hat. Ich frage mich, was ich eigentlich von meinem eigenen Sohn gewusst habe. Ganz offen gesagt: Für einen Vater eine etwas peinliche Frage, finden Sie nicht?«

»Ich weiß nicht«, erwiderte sie.

»Ich, habe keine Kinder, ich kann das nicht beurteilen. Aber...«

»Wissen Sie etwas, das vielleicht ein wenig Licht in die dunklen Zusammenhänge um den Tod meines Sohnes bringen könnte?«, unterbrach er sie.

Mrs. Spedro schüttelte den Kopf. Sie schlug den Kragen hoch. »Seit der Wind eingesetzt hat, wird es doch kühler, als ich erwartet habe. ... Nein, Inspektor, ich glaube nicht, dass ich Ihnen da helfen kann. Ich mache mir vielmehr Gedanken über Ihre Tochter.«

»Über Rona? Und warum?«

Mrs. Spedro sah schräg zu ihm auf. »Ich glaube, dass sie in großer Gefahr ist. Können Sie sie nicht überreden, für einige Zelt wegzufahren?«

»Das habe ich schon versucht – vergeblich.«

Mrs. Spedro stieß einen Seufzer aus, als sie seine Antwort hörte.

»Und wie kommen Sie darauf, dass meine Tochter in Gefahr schwebt?«, fragte Houston. Er wartete keine Erwiderung ab. »Nun ja, es liegt auf der Hand, nachdem Dennis umgebracht worden ist.«

Er ließ eine Pause eintreten und fuhr dann fort: »Es gibt eine Menge Leute, die mir klarmachen wollen, ich solle den Fall aufgeben, Mrs. Spedro. Ich weiß nicht, ob diese Leute dabei an meine Sicherheit denken oder mehr an ihre eigene. Und Ihr Mann, Mrs. Spedro, hat mich heute über meine Tochter wissen lassen, er wünsche nicht belästigt zu werden. Es ist alles sehr verworren, Mrs. Spedro und sehr rätselhaft...«

Mike Houston wusste nicht, was ihn trieb, dieser Frau, die neben ihm durch die Nacht ging, sein Herz auszuschütten, ihr seine Gefühle zu offenbaren, seine Sorgen, sein Unbehagen, seine Schwierigkeiten und seine Ratlosigkeit. Er fühlte ein seltsames Vertrauen zu ihr. Er hätte nicht vermocht, es zu begründen, wenn man ihn danach gefragt hätte.

Bevor sie die Straßenecke erreichten, fragte er: »Wie haben Sie Dennis kennengelernt?«

»Die Frage ist schnell beantwortet.« Ihre dunkle Stimme klang warm und voll. »Ich war seine Lehrerin an der Wirtschaftsschule, die er abends besuchte. Und er, er war mein Lieblingsschüler...«

»Wirklich? Sie waren seine...« Houston brach ab.

»Sehe ich nicht so aus, oder was meinen Sie?«, lächelte Mrs. Spedro.

»Ich bin vielleicht nicht der Typ dessen, was man sich unter einer Lehrerin vorstellt. Aber ich bin nun mal eine. Wenn es Sie noch interessiert – Dennis war ein sehr vielversprechender Schüler. Ich glaube, er hätte eine beachtliche Karriere gemacht. Zum Abschluss des vorigen Semesters habe ich ihm ein Buch von mir geschenkt, das gerade erschienen war: ›Wirtschaft von heute‹ heißt es.«

Houston schwieg betroffen. Er sah ein Taxi um die Ecke kommen und winkte. Der Wagen hielt. Houston half Mrs. Spedro hinein.

»Was ich noch sagen wollte – wenn Ihr Gatte mal wieder mit Rona sprechen will, braucht er es nicht wieder so dramatisch anzufangen«, erklärte er.

»Dafür werde ich sorgen«, sagte sie fest. »Aber Sie müssen ihm das nachsehen, Inspektor. Er ist eben ziemlich leicht erregbar und neigt zur Übertreibung. Das ist nun mal seine Natur.«

Er sah dem Taxi nach, bis die Rücklichter verschwanden, und machte sich auf den Weg zur nächsten Bushaltestelle. Die Begegnung mit Mrs. Spedro ging ihm nicht aus dem Kopf.

Sie schien eine kluge, warmherzige Frau zu sein. Und offensichtlich besaß sie beträchtliche Menschenkenntnis. Er gestand sich ein, dass sie ihm gefiel, ganz im Gegensatz zu ihrem Mann.

Houston sog an seiner Pfeife und dachte noch einmal über die Ereignisse des Tages nach. Das Verhalten von Dr. Spedro wirkte reichlich mysteriös, bot aber keine Ansatzpunkte für eine Spur. Auf der Schreibmaschine Carl Knights war der Erpresserbrief an Sir Cedric Kelford geschrieben worden. Aber das war kein Beweis gegen Knight. Schade, dass ich ihn nicht mehr erreicht habe, dachte Houston. Er bedauerte, dass dieser Punkt noch unerledigt war.

Als Houston nach Hause kam, stand Rona in der Küche. Ein anregender Duft von Kaffee empfing ihn. »Ich komme sofort, Vater.« Er ging voraus ins Wohnzimmer, sie folgte ihm mit dem Kaffeetablett.

»Carl Knight hat vorhin angerufen«, informierte sie ihn, während sie Tassen und Löffel ordnete.

»Was wollte er denn?«

»Er sagte nur, euer Inspektor Loman habe versucht, mit ihm zu reden. Er möchte wissen, warum.«

»War er irgendwie außer sich oder aufgebracht?«

Rona schüttelte den Kopf. »Nicht im Geringsten. Er fragte nur. Er hat Loman sogar angeboten, morgen nach Scotland Yard zu kommen, um zehn Uhr, glaube ich.«

»Dann ist ja alles in Ordnung«, sagte Houston. »Ich hoffe nur, du hast ihm nichts erzählt von dem Manuskript und so weiter...«

Rona sah ihn erstaunt an. »Ach ja, du hast mich mal nach einem Schreibmaschinenmanuskript von ihm gefragt, und ich habe es dir gegeben. Was war doch noch damit los? Ich entsinne mich im Moment nicht.«

»Lass das jetzt«, sagte Houston. »Wir wollen lieber unseren Kaffee trinken.«

Rona lachte und füllte die Tassen. Mike Houston griff zu einer Zeitung. Aber bald ertappte er sich dabei, dass er die Buchstaben anstarrte, ohne weiterzulesen. Seine Gedanken waren schon wieder bei Mrs. Spedro. Wie hieß das Buch, das sie geschrieben hatte – ›Wirtschaft von heute‹ oder so ähnlich? Er ließ die Zeitung fallen, sein Blick überflog die bunten Bücherrücken in dem Regal an der Wohnzimmerwand. Die meisten der Bücher gehörten Rona. Er konnte den gesuchten Titel nicht entdecken. Wenn das Buch noch im Haus war, dann höchstwahrscheinlich im Zimmer von Dennis.

Houston setzte die Kaffeetasse ab und ging hinüber. Rona blickte ihm nach. Sie wunderte sich, stellte aber keine Frage.

An einer Wand des Zimmers, das Dennis Houston bewohnt hatte, hingen drei Bücherbretter. Schnell inspizierte Houston sie. Er fand drei Wirtschaftsfachbücher. Das von Mrs. Spedro war nicht dabei. Vielleicht im Schreibtisch? Houston zog die Schubladen eine nach der anderen auf. Und endlich fand er, was er suchte.

Es war ein umfangreicher Band. Er schlug das Buch auf.

Auf dem Blatt vor der Titelseite stand eine Widmung. »Für Dennis – von Margarita Spedro.«

Houston blätterte weiter. Wörter und Sätze, deren Sinn er nicht verstand, glitten an seinen Augen vorüber. Und dann...

»Was ist denn das?«, murmelte Houston, obwohl er allein war.

Er hatte etwa ein Viertel des dicken Bandes durchgesehen.

Ein Quadrat von ungefähr sechs Zentimeter Seitenlänge war aus der Mitte jeder Buchseite herausgeschnitten. Das so entstandene Loch war etwa zwei Zentimeter tief. Wenn man das Buch zuklappte, hatte man eine Tasche, in der man einen kleinen Gegenstand verbergen konnte. Ob Mrs. Spedro, die Dennis das Buch geschenkt hatte, davon wusste? Die seltsame kleine Kassette war leer.

Houston hörte seine Tochter rufen, kehrte ins Wohnzimmer zurück und zeigte ihr das Buch.

»Wie merkwürdig, Vater. Ich habe das Buch nie zuvor gesehen. Dennis hat mir auch nichts davon gesagt.«

Houston pflegte zum Kaffee eine Zigarette zu rauchen. Er griff in seine Jackentasche, aber sie war leer. Er entsann sich, dass er an diesem Tag ein frisches Päckchen gekauft hatte, und ging in die Diele, um in seinem Mantel nachzusehen.

Er zog die Packung aus der Manteltasche. Ein kleiner Zettel fiel heraus und flatterte zu Boden. Houston hob ihn auf. Es war ein halber Schreibmaschinenbogen mit einer abgerissenen Kante. Houston sah, dass das Papier beschrieben war, und hielt es näher ans Licht. Er las: »Kelford hat unser Verbot, die Polizei zu informieren, missachtet. Die Verabredung ist damit hinfällig.«

Unter den beiden Sätzen stand statt einer Unterschrift eine Zeichnung. Eine kleine gelbe Windmühle.

6

Inspektor Mike Houston starrte auf den Zettel in seiner Hand. Die gelbe Windmühle – da war sie wieder. Die kleine Zeichnung eines lustigen Spielzeugs – und doch ein Symbol des Verbrechens. Einer ganzen Serie von Verbrechen...

Mutlosigkeit erfasste Houston. Immer neue Untaten geschahen im Zeichen der gelben Windmühle. Aber wo war eine Spur, die zu dem Verbrecher oder den Verbrechern hinführte?

»Wo bleibst du denn, Vater?«, rief Rona aus dem Wohnzimmer. »Der Kaffee wird kalt!«

Den Zettel in der Hand, kehrte er ins Zimmer zurück. »Da, sieh dir das an! Ich wollte die Zigaretten aus meinem Mantel holen, und da habe ich das in der Tasche gefunden.«

Rona las. »Aber das ist doch... Wie kann der Zettel in deinen Mantel gekommen sein?«

Houston ließ sich schwer in einen Sessel fallen. »Das frage ich mich auch.«

»Hast du ihn irgendwo ausgezogen und aufgehängt?« Rona sah ihn nachdenklich an. »Ja natürlich...«, begann sie sich ihre Frage selbst zu beantworten. »In...«

Houston nickte. »Ganz recht. In Danilos Restaurant, wo wir uns zum Abendessen getroffen haben.«

Plötzlich erinnerte er sich, dass Bob Harridge aus Richtung der Garderobe gekommen war, als sie fast miteinander zusammengestoßen waren. »Es könnte Bob Harridge gewesen sein«, sagte er langsam und erklärte ihr den Zusammenhang.

»Bob?«, fragte Rona überrascht.

»Mag sein, dass er die Gelegenheit dazu hatte. Aber was sollte er denn damit zu tun haben? Und er war nicht die einzige Person, die es getan haben könnte. Du hast mir doch erzählt, du habest Mrs. Spedro getroffen, nachdem du bei Kelford gewesen warst, und sie sei neben dir hergegangen. Könnte es nicht sein, dass sie...«

»Das ist wahr«, musste er zugeben. »Auch sie kommt in Frage. Und vielleicht gibt es noch ein paar andere Möglichkeiten. Ich muss einmal darüber nachdenken.«

Er nahm den Brief aus der Tasche, den der Erpresser an Sir Cedric Kelford gerichtet hatte, und verglich ihn mit dem Zettel aus seiner Manteltasche. Er war kein Experte auf diesem Gebiet, aber dass beide Mitteilungen auf ein und derselben Maschine getippt worden sein mussten, erkannte er sofort.

Er weihte Rona ein. Ernst sah sie ihn an. »Also deshalb wolltest du von mir das Manuskript haben, das Carl Knight geschrieben hat!«

Houston nickte.

»Und war es tatsächlich seine Schreibmaschine?«

Er spürte hinter ihrer Frage die Hoffnung, er möge nein sagen, und senkte den Blick.

»Leider gibt es daran keinen Zweifel, Rona.«

Sie sprang auf und begann ruhelos im Zimmer auf und ab zu gehen. Houston schwieg. Armes Kind, dachte er. Sie ist nicht nur beruflich mit Knight verbunden. Sie ist auch mit ihm befreundet. Es muss sie hart treffen.

»Und was wirst du nun tun?«, fragte Rona nach einer Weile mit gepresster Stimme.

Er zuckte die Schultern. »Ich weiß es nicht, Kind«, sagte er leise.

»Das hängt ganz davon ab, was Knight morgen bei seinem Besuch in Scotland Yard zu sagen hat.«

»Verdammt nochmal!«, stieß Superintendent Gerald Elder hervor.

»Statt dass wir weiterkommen, kriegen wir dauernd neue Rätsel aufgetischt!«

Er schlug mit der flachen Hand auf seinen Schreibtisch.

»Sagen Sie doch selbst, Houston, und Sie, Loman – so einen verfluchten Fall haben wir doch seit Jahren nicht gehabt!«

Inspektor Mike Houston und sein Kollege Loman schwiegen. Elder sah Houstons verkniffene Lippen.

»Ich mache Ihnen ja keinen Vorwurf, Mike. Sie beide können nichts dafür, dass es nicht vorangeht«, fügte der Superintendent schnell hinzu. »Aber es ist doch zum Verrücktwerden! Der Zettel, den man in Ihre Tasche praktiziert hat. Und dann dieses Buch, das Sie im Zimmer Ihres Sohnes gefunden haben. Geben Sie es nochmal her!«

»Wir haben es sorgfältig untersucht, Sir«, schaltete sich Loman ein. »Und auch die Spezialisten im Labor haben nichts herausfinden können.«

Elder schlug das dicke Buch auf.

»Merkwürdig, dieses in die Seiten hinein geschnittene Geheimfach«, murmelte er.

Während der Vorgesetzte das Buch vor sich hin brummend betrachtete, wandte sich Loman an seinen Kollegen Houston. »Vielleicht war der Einbrecher, den Rona in Dennis' Zimmer überraschte, hinter dem her, was dieses Geheimfach enthalten hat«, vermutete er.

»Das nehme ich auch an«, sagte Houston.

Der Superintendent blickte auf.

»Wenn wir nur wüssten, was das in diesem Fach war! Ich habe das Gefühl, das würde uns auf die richtige Spur bringen. Aber leider...«

Resigniert schob er das Buch beiseite und griff nach

dem Zettel mit der neuesten Mitteilung des Erpressers.

»Was machen wir nun bezüglich dieser Lösegeldgeschichte, Sir?«, erkundigte sich Houston. »Sir Cedric Kelford sollte das Geld in einer Telefonzelle in Haydock Green deponieren. Aber in diesem Schrieb da«, er deutete auf den Zettel, »erklärt der Erpresser nun, die Verabredung sei hinfällig, weil Sir Cedric die Polizei verständigt habe.«

»Ich weiß, ich weiß.« Elders Stimme klang gereizt. »Aber es könnte auch sein, dass dieser Zettel gar nicht von den Kidnappern stammt. Das ist zwar unwahrscheinlich, aber was ist schon sicher in diesem verdammten Job! Jedenfalls können wir es uns nicht leisten, auch nur die geringste Chance außer Acht zu lassen. Es bleibt dabei – Sir Cedric soll hinfahren und das Geld hinterlegen, und wir, wir werden die Umgebung der Zelle überwachen lassen wie vorgesehen.«

Loman sah seinen Vorgesetzten zweifelnd an. »Aber wenn die Nachricht nicht von den Kidnappern stammt, von wem dann...?«

Das Klingeln des Telefons unterbrach ihn. Elder hob ab. Der Sergeant in der Eingangshalle meldete, dass Sir Cedric Kelford den Superintendenten dringend zu sprechen wünsche.

Wenige Minuten später wurde die Bürotür aufgerissen, und Kelford stürzte herein. »Jetzt ist alles aus!«, rief er erregt. »Jemand hier muss nicht dichtgehalten haben!«

Er warf einen Zettel auf den Tisch. Die drei Detektive beugten sich darüber. Es war ein Duplikat der Mitteilung, die Houston in seiner Manteltasche gefunden hatte.

»Das ist mit der Morgenpost gekommen«, sagte Kelford verzweifelt. »Was soll ich nun machen?«

»Jetzt setzen Sie sich erst einmal hin und beruhigen

Sie sich, Sir Cedric«, sagte Elder. »Haben Sie den Umschlag aufgehoben?« Sir Cedric fingerte in seinen Taschen herum und fand schließlich das Kuvert.

»Der Poststempel ist gut zu erkennen«, stellte Houston fest. »London W1. Aber viel helfen wird uns das kaum.«

Kelford konnte nicht mehr an sich halten. »Ist Ihnen klar, dass mein Kind jetzt vielleicht von diesen Schweinen umgebracht wird?«, brach es aus ihm hervor. Verzweifelt vergrub er das Gesicht in den Händen.

»Sind Sie ganz sicher, Sir, dass Sie mit keinem Menschen über den Erpresserbrief und unsere Abmachungen gesprochen haben?«, fragte Eider, nachdem der Bankpräsident sich ein wenig beruhigt hatte.

»Zu keinem einzigen Menschen außerhalb dieses Gebäudes habe ich auch nur ein Sterbenswörtchen verlauten lassen«, beharrte Kelford.

»Es muss von hier aus etwas durchgesickert sein! Und jetzt werden diese Kerle mir nicht nochmal eine Chance geben! Mein Kind...«

»Aber Sir!«, unterbrach ihn Elder.

»Wir wollen doch versuchen, die ganze Sache ruhig zu betrachten. Aufregung bringt uns nicht weiter. Eines steht doch fest: Der oder die Erpresser wollen Geld! Weshalb hätte man sonst das Kind entführen sollen? Das hier ist nur ein Schreckschuss.« Er zeigte auf den Zettel. »Aber Sie können sicher sein – Sie bekommen eine zweite Chance. Glauben Sie mir, wir haben unsere Erfahrungen.«

Kelford zog sein Taschentuch heraus und trocknete sich die Schweißperlen von der Stirn. »Ihre Erfahrungen in allen Ehren, aber glauben Sie wirklich, Gentlemen, dass der Entführer sich so verhält, wie Sie vermuten?«

Mike Houston legte die Hand auf Kelfords Arm. »Man wird versuchen, mehr Lösegeld herauszuschlagen.

Das ist der einzige Unterschied. Diesmal vielleicht 10.000 Pfund!«

Kelford verkrampfte die Hände ineinander. »Und wenn es das Doppelte wäre – ich würde es bezahlen. Was bedeutet mir Geld? Mir geht es um mein Kind!«

Er sah von einem zum anderen.

»Sie glauben also wirklich, dass Susan – noch lebt?«, fragte er stockend. »Sie sagen das nicht nur, um mich zu beruhigen?«

»Wir sind davon überzeugt«, versicherte der Superintendent ruhig, und Houston und Loman nickten.

Langsam stand Kelford auf. Ich muss jetzt gehen. Gebe Gott, dass Sie recht haben!«

Er verabschiedete sich. Houston wartete, bis sich die Tür hinter ihm geschlossen hatte. »Ich möchte nur wissen, wie der Entführer davon erfahren konnte, dass Kelford uns über den Erpresserbrief informiert hat. Dass die undichte Stelle nicht hier bei uns zu suchen ist, könnte ich beschwören. Kelford selbst muss mit irgendjemandem darüber geredet haben. Es kann gar nicht anders sein.«

»Sicher«, bestätigte Elder. »Es war geradezu auffallend, wie hartnäckig er es abgestritten hat. Der Fehler liegt bei ihm, und er weiß es...«

Das Telefon klingelte wieder, und der Sergeant vom Empfang meldete, dass Knight eingetroffen sei. »Schicken Sie ihn in ein paar Minuten herauf!«

Eider wandte sich an Houston.

»Dieser Knight gefällt mir nicht, nach allem, was Sie mir erzählt haben, Mike. Mag sein, er ist harmlos. Aber man weiß einfach nicht, woran man wirklich mit ihm ist. Immerhin müssen wir unterstellen, dass er in der Lage wäre, einen gewissen Einfluss auf Ihre Tochter Rona auszuüben.«

Houston spürte wieder das Gefühl tiefer Ratlosigkeit, das ihn seit dem Tode seines Sohnes Dennis nie ganz verlassen hatte. Er hatte feststellen müssen, wie wenig er über seinen eigenen Sohn gewusst hatte. Und Rona – was wusste er von ihr?

»Übrigens, was Rona betrifft, Mike – ich habe veranlasst, dass O'Donovan Ihre Tochter unter seine Fittiche nimmt. Er ist einer unserer besten Leute und wird schon richtig auf sie aufpassen. Sie wird gar nichts davon merken. Ich halte diese Maßnahme für richtig, nach dem, was mit Ihrem Sohn Dennis passiert ist.«

»Vielen Dank, Sir«, sagte Houston. »Sie fährt viel herum und kommt mit einer Menge Menschen zusammen. Das bringt ihr Beruf so mit sich. Ich fühle mich erleichtert, wenn ich daran denke, dass jemand sie im Auge behält.«

»Also abgemacht!«, erwiderte der Superintendent.

Es klopfte, und Carl Knight trat ein.

Houston fiel sofort auf, dass der junge Dramatiker viel sorgfältiger gekleidet war als sonst. Statt seiner üblichen verbeulten Flanellhosen und eines Sportjacketts trug er einen dunkelblauen Anzug mit einer Phantasieweste. Superintendent Elder kam sofort zum Kern der Sache. Er zeigte Knight die letzte Mitteilung des Erpressers an Kelford.

Houston beobachtete den Autor scharf. Knight verzog keine Miene, als er den Zettel in die Hand nahm und den Text las.

»Und jetzt sehen Sie sich bitte das hier an!« Elder schob Knight das Filmmanuskript zu, das Rona ihrem Vater gegeben hatte.

»Ja, das kenne ich«, sagte Knight ruhig. »Und?« Er sah sich fragend in der Runde um.

»Vergleichen Sie mal die Maschinenschrift auf beiden Schriftstücken!«, forderte ihn Elder auf.

Die drei Kriminalisten warteten, bis Knight die

Schriften geprüft hatte.

»Ja, natürlich«, sagte Knight geradeheraus. »Das ist auf meiner alten Mercury geschrieben. Eine hervorragende und zuverlässige Maschine. Ich wünsche mir oft, ich hätte sie nie verkauft.«

»Sie haben Sie verkauft?«, weiderholte Elder mit scharfem Ton.

»Vor einigen Wochen. Ich bekam einen Scheck für ein paar Auslandsrechte und so habe ich mich dazu entschlossen, eine neue Maschine davon zu kaufen.«

»Haben Sie Ihre Mercury privat verkauft?«, fragte Houston.

»Nein, ich habe sie zu Elcocks in Conway Court gebracht, gleich hinter der Fleet Street. Die handeln viel mit gebrauchten Schreibmaschinen. Es sollte kein Problem sein, herauszufinden, wohin sie weiter verkauft wurde.«

Er nahm seinen Hut und schaute sich im Zimmer munter um. »War das alles, was Sie wissen wollten?«, fragte er.

Superintendent Elder lehnte sich auf seinem Schreibtisch vor und sah Carl Knight eindringlich mit seinen grünen Augen an. »Da gibt es noch viele Sachen, die wir wissen wollen«, antwortete er kühl überlegt. »Die Frage ist, Mr. Knight, wie viel Sie uns erzählen wollen?«

Knight ging sofort in eine verteidigende Haltung über. »Worauf wollen Sie hinaus?«, fragte er.

»Unter anderem auf das Verschwinden von Susan Kelford und den Mord an Mary Latimer.«

»Und was sollte ich darüber wissen?« In seiner Stimme lag eine Nuance Unsicherheit.

»Ich gebe Ihnen jetzt eine Gelegenheit, es uns zu erzählen«, antwortete Elder emotionslos.

»Wollen Sie damit sagen, dass ich ihn diese Verbrechen verwickelt bin?«, sagte Carl Knight mit forderndem Ton. »Vergessen Sie nicht, Sie sprechen hier vor zwei Zeugen.«

»Ich will damit sagen, dass Sie es sich viel leichter für sich machen würden, wenn Sie uns erzählten, was Sie wissen, anstatt es uns herausfinden zu lassen. Denn wenn wir etwas herausfinden, dann könnte es wesentlich unangenehmer für Sie sein.«

»Mir gefällt weder Ihr Ton noch Ihr Auftreten, Superintendent«, sagte Knight. »Wenn Sie etwas von mir wollen, dann wissen Sie ja, wo ich zu finden bin.« Er ging.

Elder sah seine beiden Kollegen an. »Was halten Sie davon?«

Houston zuckte die Schultern.

»Ich weiß nicht. Seine Empörung klang echt. Allerdings – haben Sie gesehen, wie blass er auf einmal wurde? Aber das kann auch eine Folge seiner Wut gewesen sein.«

Loman nickte. »Nicht, dass ich Sie kritisieren will, Sir – aber vielleicht sind Sie ein bisschen scharf rangegangen.«

Elder hob resignierend die Hände und ließ sie auf die Tischplatte fallen. »Mag sein, dass Sie recht haben. Na, machen wir weiter!«

Houston kehrte in sein eigenes Büro zurück und rief Dr. Spedro an. Der Arzt schien sehr überrascht zu sein, als Houston seine Frau zu sprechen verlangte.

»Tut mir leid, Inspektor, aber sie ist aufs Land gefahren, um Freunde zu besuchen. Kann ich Ihnen irgendwie helfen?«

»Leider nein, Doktor. Aber die Sache hat Zeit, bis Ihre Frau zurückkommt. Doch ich habe noch eine Frage. Sie haben mir doch erzählt, Mary Latimer sei über Sir

Cedric Kelford mit Ihnen bekannt geworden.«

»Ja, das stimmt, Inspektor. Sie kam auf Empfehlung von Sir Cedric zu mir.«

Houston musste sich bemühen, keine Schärfe in seinem Ton aufkommen zu lassen, als er weitersprach.

»Was halten Sie dann von Folgendem, Doktor: Sir Cedric sagt, er habe von dem Mädchen nie etwas gehört, bis er Ihren Namen in der Zeitung las...«

Spedro unterbrach ihn. Er sprach schneller als sonst, und sein ausländischer Akzent klang stärker durch. »Ich widerspreche Sir Cedric nur höchst ungern, Inspektor. Vielleicht habe ich mich geirrt. Ich habe so viele Patienten, wissen Sie, manchmal weiß man ja kaum noch, wo einem der Kopf steht. Wenn Sir Cedric das sagt... Wie ich schon bemerkte – Ich kann mich durchaus geirrt haben.«

»Na schön«, brummte Houston. Ihm schien, dass der Arzt Ausflüchte suchte. »Ich brauche Sie wohl nicht daran zu erinnern, Doktor, dass es sich um einen Mordfall handelt. Je mehr ich über das tote Mädchen erfahre, desto größer ist die Aussicht, ihren Mörder zu finden.«

»Selbstverständlich, Inspektor. Wenn meine Frau zurückkommt, werde ich sie bitten, sich mit Ihnen in Verbindung zu setzen, da Sie es offenbar für sehr wichtig halten.«

»Es ist sehr wichtig«, sagte Houston nachdrücklich und zufrieden legte er den Hörer auf und sagte Loman, dass er zum Lunch nach Hause fahre.

Es war schon ziemlich spät, als er ankam, und Rona hatte schon gegessen. Sie stand in der Diele vor dem Spiegel und machte sich fertig zum Ausgehen.

Houston vermied es, das Gespräch sofort auf Carl Knights Besuch bei Scotland Yard zu bringen, und seine Tochter stellte keine Fragen. Er sah zu, wie sie sorgfältig ihr Halstuch umlegte.

»Ich muss ein paar Einkäufe machen«, plauderte sie. »Und heute Abend gehe ich mit einer Kollegin ins Theater. Wir wollen uns ein Stück im Westend ansehen.«

Houston schoss der Gedanke durch den Kopf, dass Sergeant O'Donavan, Ronas »Schutzengel«, für nachmittags und abends ein sehr ausgefülltes Programm haben würde, von dem er noch nichts ahnte.

»Und was machst du?«, fragte sie.

»Routinekram. Übrigens...«

Sie wandte sich zu ihm um. »Ja?«

»Erinnerst du dich zufällig, wann Carl Knight dir dieses Filmmanuskript gegeben hat?«

Rona überlegte einen Augenblick lang, ehe sie antwortete: »Es wird etwa sechs Monate her sein.« Sie zögerte. »Hast du ihn danach gefragt?«

Houston schüttelte den Kopf.

»Nicht direkt. Er sagte, er habe seine Schreibmaschine vor ein paar Wochen verkauft. Ich werde seine Angaben noch überprüfen, aber sicher hat er die Wahrheit gesagt. – So, und nun lass dich nicht aufhalten, Rona. Wenn du noch einen Geschäftsbummel machen willst... Nach den Aufregungen der letzten Wochen wird dir so etwas gut tun.«

Nachdem sie die Wohnung verlassen hatte, ging Houston ans Fenster und sah ihr nach, als sie die Straße entlang ging.

Ein untersetzter Mann in mittleren Jahren überquerte die Fahrbahn und folgte Rona im Abstand von dreißig Metern.

Auf O'Donavan kann man sich verlassen, dachte Houston.

Nach dem Lunch verließ Houston das Haus und ging schnell zur nächsten U-Bahnstation. Am Zeitungsstand blieb er stehen und kaufte ein Abendblatt.

Ein Mann mit einem Koffer kam um die Ecke des Kiosks und prallte fast mit ihm zusammen. Langsam ging Houston die Treppe hinunter. Um diese Zeit war der Verkehr dünn, und der Bahnsteig lag fast verlassen da. Ruhelos wanderte Houston auf und ab. Als ein fernes Grollen aus dem Tunnel die Ankunft des Zuges ankündigte, trat er an die Bahnsteigkante.

Plötzlich hörte er hinter sich ein Mordsgeschrei. Eine Gruppe Schuljungen mit Sportbeuteln kam die Treppe heruntergesaust. Houston wandte sich wieder zu den Geleisen und sah dem Zug entgegen, der gerade aus der dunklen Tunnelröhre herausschoss.

Da traf ein heftiger Schlag seinen Rücken. Die Wucht stieß ihn fast von den Beinen. Houston fand mühsam sein Gleichgewicht wieder. Er atmete schwer.

»Vielen Dank«, rief er dem Mann im blauen Overall zu, der ihn gerettet hatte. »Warten Sie einen Moment!« Schnell sah er sich um. Es muss ein Koffer gewesen sein, dachte er. Jemand hat mir einen Koffer ins Kreuz geworfen, damit ich auf die Schienen stürzen sollte. Vor den einfahrenden Zug! Er warf einen Blick die Treppe hinauf. Aber dort standen nur ein paar Frauen und ein kleines Mädchen.

»Da haben Sie aber nochmal Schwein gehabt, Kumpel«, sprach ihn der Mann im blauen Overall an. »Kann mir verdammt nochmal 'nen schöneren Tod vorstellen.«

»Haben Sie gesehen, wie es passiert ist?«, fragte Houston.

Der andere hob die Schultern.

»Genau natürlich nicht. Aber der Koffer da«, er deutete hinter Houston, der sofort herumfuhr, »der kam von oben angesaust. Segelte dicht an meinem rechten Ohr vorbei. Den Rest wissen Sie.«

Houston beugte sich zu dem Koffer hinab. Billiges Material. Es war beim Aufprall geplatzt. Houston öffnete die Schlösser und hob den Deckel. Der Koffer enthielt zwei schwere Eisengewichte. Sonst nichts.

Houston untersuchte den Koffer, aber er fand keinen Hinweis auf seine Herkunft.

Er richtete sich auf. Der Mann im Overall fragte: »Was machen wir jetzt mit dem Ding?«

»Ich werde schon darauf aufpassen«, sagte Houston. »Ich nehme ihn mit.«

Inzwischen hatte sich eine kleine Menschenansammlung um die beiden Männer gebildet. Der Zug hielt immer noch.

Houston und der andere stiegen ein und setzten sich nebeneinander. Der Inspektor stellte den Koffer ab und zückte sein Notizbuch.

»Wenn Sie mir freundlicherweise Ihren Namen und Ihre Adresse geben...«

Der Mann im Overall wehrte Houstons wiederholte Dankesworte ab.

»Na hören Sie«, grinste er. »Was hätte ich denn sonst tun sollen, wo ich schon daneben stand? Aber sagen Sie mal – Sie gehen doch zur Polizei, Kumpel?«

Houston lächelte. »Bin schon auf dem Wege, genau dorthin. Nach Scotland Yard.«

Er zog seine Pfeife heraus, stopfte sie und zündete sie an. Das Rauchen beruhigte ihn. Er begann, ruhig über den Vorfall nachzudenken. Jemand beobachtete ihn, das stand fest. Nach diesem Mordanschlag auf dem Bahnsteig war er nicht mehr so sicher, dass jene Schüsse in der Dunkelheit Bob Harridge gegolten hatten. Er würde sich von nun an sehr vorsehen müssen und ständig eines Überfalls gewärtig sein.

Houston deponierte den Koffer bei Scotland Yard und fuhr sofort weiter zur ›Aufgehenden Sonne‹ in Cheapside, dem Lokal, von dem Bob Harridge ihm erzählt hatte. Bob hatte aufgeschnappt, dass Mary Latimer dort offenbar zu den Stammgästen gehört hatte.

»Na ja«, sagte der Wirt, »Stammgast ist übertrieben. Aber sie kam hin und wieder her. Und sie fiel mir auf, Inspektor. Nicht gerade die Sorte Mädchen, die wir sonst hier haben. Irgendwie anders, verstehen Sie?«

»Kam sie allein?«

Der Wirt überlegte. »Sie schien sich hier mit einem jungen Mann zu treffen. Jedenfalls habe ich sie ein paarmal mit einem gesehen. So 'n Studententyp, wissen Sie, unordentliches dunkles Haar, schwarze Hornbrille. Ob ich versuchen kann, rauszukriegen, wer er ist? Versuchen schon. Wenn er wiederkommt, geb' ich Ihnen Bescheid.«

Houstons nächstes Ziel war der von Carl Knight angegebene Schreibmaschinenladen in der Nähe der Fleet Street. Wie der Inspektor erwartet hatte, stellte sich heraus, dass die Angaben des Schriftstellers stimmten.

»Aber die Maschine haben wir leider nicht mehr«, sagte der Händler. »Mister A. P. Arnold, Nummer 29, Ainsworth Court in Bloomsbury ist der Käufer.«

»Erinnern Sie sich noch an ihn?«

Der alte Mann runzelte die Stirn. »Ziemlich junger Mann noch. Hornbrille, schwarz, wenn ich nicht irre. Sein Haar fiel ihm in die Stirn, als er die Maschine ausprobierte. Mehr kann ich leider auch nicht sagen.«

Houston schrieb die Adresse auf und verließ den Laden. Ist es möglich, dass der junge Mann, mit dem sich Mary Latimer in jenem Lokal traf, mit dem Schreibmaschinenkäufer identisch ist? fragte er sich, während er nach Bloomsbury fuhr.

Die Wohnung Nr. 29 Ainsworth Court lag im ersten Stock des riesigen Wohnblocks. Houston drückte den Klingelknopf. Drinnen schlug eine Glocke an. Er hörte Radiomusik, aber niemand öffnete. Er klingelte noch zwei Mal, dann sah er sich vorsichtig um. Kein Mensch war zu sehen.

Er stemmte sich kräftig gegen die Tür. Sie gab nach und schwang auf. Schnell huschte er hinein und ließ leise die Tür hinter sich ins Schloss gleiten.

Er klopfte an die Tür des Zimmers mit der Radiomusik.

Keine Antwort.

Er drückte die Klinke hinunter, öffnete die Tür einen Spalt und schob den Kopf hindurch. An der gegenüberliegenden Wand stand ein Bett. Die Steppdecke war herunter geglitten und lag halb auf dem Boden. Er hob den Blick zu der Gestalt im Bett. Sie rührte sich nicht. Mit zwei, drei Sätzen war er neben ihr. Warf einen Blick auf ihr Gesicht.

Er erkannte sie sofort. Jemand hatte sie erdrosselt. Mit einem Halstuch. Houston erblasste, als er das Muster sah. Es war das Halstuch seiner Tochter Rona.

7

Das seidene Tuch lag um den Hals der Frau wie eine schillernde Schlange. Jemand hatte es ihr von hinten über den Kopf geworfen und zugezogen.

Inspektor Mike Houston atmete mühsam. Er beugte sich über das Bett und begann das Halstuch von dem leblosen Körper zu lösen. Er hielt es so, dass mehr Licht darauf fiel.

Es gab keinen Zweifel. Die Farbe, das Muster, der kleine Riss in der einen Ecke dicht am Saum, der Duft – Ronas Parfüm. Es war das Halstuch seiner Tochter.

Mit zitternden Fingern stopfte er das Tuch in seine Manteltasche. Seine Hände bebten, als er den zum Fußboden herabhängenden Arm der Frau nahm, nach der Stelle tastete, an der er ihren Puls hätte fühlen müssen. Er wusste vorher, dass es vergeblich sein würde. Maria Spedro war tot.

Houston ließ den Arm fallen und stand schwerfällig auf.

Unglaublich, dass Rona... Was sollte sie mit dem Tod dieser Frau zu tun haben? Und doch – es war *ihr* Halstuch. Er hatte es noch am Nachmittag an ihr gesehen, als sie vor dem Spiegel gestanden und sich zum Ausgehen fertiggemacht hatte. Sollte ein Zusammenhang zwischen seiner Familie und dieser Serie von Verbrechen bestehen? Sein Sohn Dennis war ermordet worden. Und nun Ronas Schal als Mordwerkzeug...

Schwerfällig ging Houston ins Nebenzimmer. Es war der Wohnraum. Das Telefon stand auf einem kleinen Tisch neben einem altmodischen Sekretär, der mit einer Rolljalousie verschlossen war.

Houston rief das nächste Polizeirevier an und bat, seinen Kollegen Loman in Scotland Yard zu benachrichtigen. Er legte auf und schob das Holzrollo hoch. Es gab den Blick auf die Schreibplatte des Sekretärs frei. Houston betrachtete die Schreibmaschine. Es war eine Mercury. Diese Entdeckung überraschte den Inspektor nicht. Er hatte die Adresse dieser Wohnung von dem Händler bekommen, der gebrauchte Maschinen verkaufte. Und dies musste die Maschine sein, die er suchte. Was er nun tat, war Routine. Er spannte ein Blatt ein, tippte ein paar Zeilen. Er las. Und er war sofort davon überzeugt: Dies war die Maschine, die Carl Knight der Firma Elcocks verkauft hatte.

Ehe als erster ein Sergeant der nächsten Polizeiwache eintraf, hatte Houston bereits die ganze Wohnung durchsucht. Er fand nichts weiter, was Verdacht erregte.

»Warten Sie hier, bis ich wiederkomme«, wies er den Sergeant an. »Lassen Sie alles so liegen, auch die Leiche.«

Schnell verließ er das Haus und ging zu dem Polizeiwagen, der vor der Tür stand. Er gab dem Fahrer seine Adresse an. »Fahren Sie, so schnell Sie können!«

Er drehte den Schlüssel im Haustürschloss, als er in der Nähe den Schatten einer männlichen Gestalt bemerkte. »Sind Sie das, O'Donovan?«

»Ja, Sir.« Sergeant O'Donovan kam näher, Houston zog den Schlüssel wieder aus dem Schloss. »Kommen Sie eine Minute mit in den Wagen. Ich muss Sie was fragen.«

Schweigend stiegen sie ein und ließen sich auf den hinteren Sitzen nieder. »Haben Sie Ronas Spur verloren?«, fragte Houston.

Ronas Bewacher schüttelte den Kopf. »Nein, Sir. Ihre Tochter ist da. Im Haus, meine ich.«

»Aber sie wollte doch ins Theater gehen.«

»Das mag sein«, sagte O'Donovan. »Aber sie ist nicht in die Nähe eines Theaters gekommen. Nach ihrem Einkaufsbummel heute Nachmittag folgte ich ihr zu einer Wohnung in der Cromwell Road.«

Carl Knights Wohnung, durchfuhr es Houston.

»Sie blieb dort etwa eine Stunde lang«, fuhr der Sergeant fort. »Um sieben Uhr herum war sie wieder hier. Und seitdem...«

Houston sah O'Donovan scharf an.

»Und Sie sind sicher, dass sie nirgendwo anders hingegangen ist, auch nicht für fünf Minuten?«

»Das hätte ich ja merken müssen, Sir«, versicherte O'Donovan. »Ich bin ihr überallhin gefolgt.«

Houston dachte schnell nach.

»Wie lange haben Sie heute Dienst?«

»Bis elf, Sir. Es sei denn, Sie wünschen, dass ich noch länger bleibe.«

Houston öffnete die Wagentür. »Das werden Sie bald wissen«, sagte er, während er ausstieg. Schnell ging er ins Haus.

Rona hockte in einem Sessel im Wohnzimmer, hatte die Beine unter sich gezogen und las in einem Rollenbuch.

»Ich denke, du wolltest ins Theater gehen«, sagte Houston abrupt. Es klang fast vorwurfsvoll.

Rona blickte überrascht auf. »Als ich vom Einkaufen zurückkam, rief Carl an. Er müsse mich dringend sprechen, sofort. Ich wusste nicht, wie lange das dauern würde. Deshalb rief ich meine Freundin an und sagte ab.«

»War es wirklich so wichtig?«

»Natürlich. Es ging um das Stück.«

»Aha – um das Stück«, murmelte Houston.

Rona runzelte die Stirn. »Ja, Ambrose Wyler – du weißt doch, dieser Theaterunternehmer – will es herausbringen. Er wünscht einige Änderungen. Das war der Grund, warum Carl mich anrief und mit mir reden wollte.«

»Wie lange warst du bei ihm?«

»Vielleicht eine Stunde. Er hatte eine Menge neuer Ideen und...«

Houston unterbrach sie.

»Was ist mit dem Halstuch, das du getragen hast, als ich dich heute Mittag das letzte Mal sah? Hattest du es auch um, als du Carl Knight in seiner Wohnung besuchtest?«

Verwirrt sah sie ihn an. »Ja, ich denke schon. Übrigens – jetzt, da du davon sprichst, fällt mir ein: Ich glaube, ich habe es dort liegen lassen. Jedenfalls bemerkte ich auf dem Heimweg plötzlich, dass ich es nicht umgelegt hatte. Ja, ich muss es bei ihm vergessen haben. Ich wüsste sonst nicht, wo... Ja, jetzt erinnere ich mich: Ich legte es über die kleine Nero-Büste, die in Carls Diele steht.«

»Merkwürdig«, sagte Houston. »Was ist daran merkwürdig?«, fragte Rona. Sie sprang aus dem Sessel. »Er brachte mich in die Diele, half mir in den Mantel, wir sprachen ununterbrochen über die geplanten Änderungen in dem Stück. Wir waren in die Unterhaltung vertieft, verstehst du? Da habe ich das Ding eben vergessen, und er hat auch nicht darauf geachtet. Ist dir so etwas noch nie passiert?«

»Schon gut, schon gut, Rona.« Er griff in die Tasche und zog das Halstuch heraus. Ist es das hier?«

Sie warf einen Blick darauf und nickte. »Ja, natürlich. Das ist es.« Sie hob den Kopf. »Warst du bei Carl?«

»Nein«, antwortete Houston und schob das Tuch wieder in seine Tasche. Er holte tief Luft. »Ich werde dir später alles erklären.«

Er wandte sich zur Tür. Die Hand auf der Klinke,

drehte er sich noch einmal zu ihr um. »Geh nicht mehr aus dem Haus, Rona. Und wenn ich draußen bin, lege die Sicherheitskette vor und sieh nach, ob alle Fenster geschlossen sind.«

»Aber, Vater...«

»Ich kann dir jetzt nicht mehr sagen, Kind. Ich muss fort. Ich habe zu tun.«

Ehe sie noch etwas fragen konnte, war er fort.

Houston gab O'Donovan einige Instruktionen, die Rona betrafen, und ließ sich von dem Polizeiwagen zu Dr. Spedros Pflegeheim bringen.

Die Empfangsschwester bat ihn zu warten. »Dr. Spedro macht gerade seine Abendvisite. Er wird sehr ungehalten, wenn man ihn dabei stört.«

»Aber es ist dringend«, beharrte Houston. »Ich muss ihn sofort sprechen. Sofort, verstehen Sie?«

Sie verschwand, um den Arzt zu holen. Doch fünf Minuten vergingen, ehe Spedro erschien.

»Tut mir leid, Inspektor, aber ich kann Ihnen wirklich nichts über Mary Latimer sagen, bevor meine Frau zurück ist. Das habe ich ihnen doch schon...«

Houston schüttelte den Kopf. »Sie wird nicht zurückkommen, Doktor«, sagte er langsam.

»Was soll das heißen?«, fragte Spedro heftig.

Houston sah ihn fest an. »Ich fürchte, ich habe schlechte Nachrichten für Sie, Doktor. Ihre Frau ist tot aufgefunden worden.«

Dr. Spedro erblasste.

»Aber das ist doch unmöglich, Inspektor! Meine Frau ist aufs Land gefahren, zu Freunden. Ich wüsste nicht, wieso...«

»Am besten gehen wir in Ihr Zimmer«, sagte Houston. »Hier auf dem Korridor sollten wir lieber nicht darüber sprechen.«

»Ja, kommen Sie«, sagte Spedro tonlos und ging Houston voran.

Der Inspektor schloss die Tür. »Sie war in einer Wohnung in Ainsworth Court in Bloomsbury«, sagte er leise. »Tot. Ich selbst habe sie gefunden. Sie ist es, Spedro, daran gibt es keinen Zweifel. Tut mir leid für Sie – aber mein Beruf bringt es nun mal mit sich, dass ich manchmal solche Nachrichten überbringen muss. Am besten, Sie kommen mit mir dorthin.«

Spedro nickte stumm und trat an ein Regal, nahm eine Brandyflasche heraus und goss ein Glas voll. Er leerte es in einem Zug.

Er drehte das Glas in seiner Hand. »Ainsworth Court – ich habe nie davon gehört, Inspektor.«

»Sie haben keine Bekannten dort?«

»Nein. – Mein Gott, Maria...« Houston schwieg ein paar Augenblicke lang, ehe er fortfuhr. »Die Wohnung gehört einem A. P. Arnold. Sagt Ihnen dieser Name etwas, Doktor?«

Spedro verneinte. »Nicht dass ich wüsste. Meine Frau – dort... Natürlich kannte sie eine Menge Leute – Professoren, Verlagskaufleute, Journalisten und so. Aber ich habe nie gehört, dass sie jemanden namens Arnold erwähnt hätte.«

Houston legte die Hand auf Spedros Arm. »Ich möchte Sie nicht drängen, Doktor, aber ich muss es. Wenn Sie sich jetzt in der Lage fühlen, mich dorthin zu begleiten...«

Spedro nickte und folgte ihm.

In der Wohnung in Ainsworth Court fanden sie nur den Sergeant und einen zweiten Polizisten vor, die sich miteinander unterhielten.

»Sie ist es«, murmelte Spedro nach einem Blick auf die Leiche. »Sie ist es.« Er wandte sich ab. In seinem

Gesicht zuckte es. »Erdrosselt«, murmelte er.

Plötzlich fuhr er herum. »Wer hat das getan, Inspektor? Wer hat sie hierher gebracht?«, stieß er hervor.

»Das ist, was ich herauszufinden versuche«, erwiderte Houston. »Und ich meine, Doktor, jetzt wäre es an der Zeit, mir alles zu sagen, was Sie wissen.«

Dr. Spedro rang die Hände. »Aber ich weiß nichts über all das! Was könnte ich Ihnen schon sagen?«

Houston ließ nicht locker. »Es gibt eine Menge unbeantworteter Fragen im Zusammenhang mit dem Tod Mary Latimers. Und da ist die Tatsache, dass Ihre Frau mit meinem Sohn Dennis bekannt war, der auch ermordet worden ist.«

Spedros dunkler Teint wurde noch dunkler. »Aber ich weiß nichts! Wie oft soll ich das noch wiederholen? Was könnte das alles mit dem hier zu tun haben?«

»Ich bin hier, um Fragen zu stellen, nicht um sie zu beantworten«, sagte Houston ruhig. »Sie wissen doch sicher, dass Ihre Frau ein Buch über ein Wirtschaftsthema veröffentlicht hat.«

»Selbstverständlich weiß ich das, Inspektor.«

»Wissen Sie auch, dass sie meinem Sohn Dennis ein Exemplar davon schenkte, sogar mit einer Widmung?«

»Ich glaube, sie hat verschiedenen ihrer Schüler...«

Houston nickte. »Das mag sein.«

Aber in dem Exemplar meines Sohnes haben wir eine kleine Tasche gefunden, in die Seiten hineingeschnitten. Offenbar hat dieses Fach einen kleinen Gegenstand enthalten. Wissen Sie vielleicht, was das gewesen sein könnte?«

Spedro starrte ihn erstaunt an. »Natürlich nicht. Sie verschwenden Ihre Zeit, Inspektor. Sie sollten sich auf die Suche nach dem Mörder machen.«

Houston warf ihm einen scharfen Blick zu. »Ich weiß am besten, was ich zu tun habe, Doktor. Und ich warne Sie. Wenn Sie nicht ein wenig offener zu uns sind, könnte es sein, dass Sie in ernste Schwierigkeiten geraten.«

Dem Arzt schoss das Blut ins Gesicht. »Ich weiß nicht, wovon Sie reden. Sie wissen, dass ich eine sehr verantwortungsvolle Tätigkeit ausübe, dass ich ein angesehener Mann bin. Und Sie – Sie sprechen mit mir wie mit einem Kriminellen!«

Houston wollte eben antworten, als es klopfte und der Sergeant eintrat. »Die Leute von der Spurensicherung haben Mrs. Spedros Handtasche untersucht. Unter anderem haben sie das hier gefunden.«

Er übergab dem Inspektor ein kleines silbernes Taschenmesser, in dessen einem Ende ein Zigarrenabschneider eingearbeitet war. Houston untersuchte es sorgfältig. In das Messer waren Initialen eingraviert. Houston las: »C. K.«

»Eine etwas ungewöhnliche Art von Messer – in der Handtasche einer Frau«, meinte der Sergeant.

Houston blickte auf. »Ja, es ist gut. Lassen Sie uns jetzt wieder allein, Sergeant.«

Er wartete, bis der Polizeibeamte das Zimmer verlassen hatte, und hielt das Messer hoch. »Der Mann hat recht, Doktor. Haben Sie dieses Messer je bei Ihrer Frau gesehen?«

Spedro drehte das Messer zwischen den Fingern. »Ich denke, es gehört Sir Cedric Kelford«, sagte er langsam.

Houston sah ihn überrascht an. »Ja, natürlich. Das könnte sein. Diese Initialen – C. K. Sie können recht haben – Cedric Kelford.«

»Ja, ich glaube, das wäre dann zunächst alles, Doktor«, sagte Houston.

Er ging hinaus und gab dem Sergeant noch einige Anweisungen. »Und wenn dieser Mister Arnold kommt, dem diese Wohnung gehört, rufen Sie mich sofort zu Hause an.«

Während sie den Arzt im Polizeiwagen zu seiner Wohnung brachten, stellte Houston ihm eine Reihe von Fragen, aber Dr. Spedro beharrte darauf, nichts weiter über Mary Latimer zu wissen. Carl Knight habe er nie gesehen, von Dennis Houston bis zu dessen Tod nie etwas gehört. Und über die Bekanntschaft seiner Frau mit Kelford wisse er kaum etwas.

»Sie hat ihn sicherlich mal gesehen, als er kam, um mich zu konsultieren. Vielleicht ist sie ihm auch einmal anderswo begegnet – ich sagte Ihnen ja schon, sie kannte eine Menge Leute. Aber ich – ich weiß nichts.«

Houston sah Spedro nach, als dieser mit schweren Schritten zur Tür seines Hauses ging.

»Wohin jetzt, Sir?«, fragte der Polizeifahrer. Houston nannte ihm die Adresse Carl Knights.

Der Schriftsteller öffnete, kaum dass Houston geklingelt hatte. Seine Verblüffung, Houston zu sehen, dauerte nur eine Sekunde. Dann begrüßte er den Inspektor mit seiner üblichen Nonchalance. »Hallo! Kommen Sie rein! Haben Sie irgendwas über meine alte Maschine herausgekriegt?«

»Ich bin noch dabei«, sagte Houston zurückhaltend. »Was mich im Augenblick interessiert, ist etwas ganz anderes – Ronas Schal.«

Knight starrte ihn an. »Ronas Schal? Deshalb kommen Sie? Was zum Teufel, hat denn Ronas Schal mit diesen anderen Dingen zu tun?«

Houston ging nicht auf seine Frage ein. »Sie trug doch ein Halstuch, als sie heute Nachmittag hierherkam, nicht wahr?«

Knight nickte. »Ich glaube, ja. Irgendwie ist es mir aufgefallen.«

»Hat sie das Halstuch nicht hier vergessen?«, fragte Houston

»Davon weiß ich nichts, Inspektor. Aber wir können ja mal nachsehen.«

»Sie sagte mir, sie habe es in der Diele abgelegt«, fuhr Houston fort.

Carl Knight ging in die Diele voran. Sie schauten hinter den Tisch nach, auf dem Neros Kopf stand. Dies war der einzig mögliche Ort, an dem das Halstuch verloren gegangen sein konnte. Houston sagte Knight nicht, dass er sich in seiner Tasche befand. Er wartete ab, ob der Autor auch nur den kleinsten Ausrutscher machen würde.

»Worum geht es hier eigentlich?«, fragte Knight.

»Eine Frau wurde erwürgt aufgefunden, mit einem Halstuch, das genauso aussieht wie das von Rona«, sagte Houston unverblümt. »Es geschah wahrscheinlich zu der Zeit, als Roma hier war, oder kurz danach.«

»Großer Gott! Sie wollen doch nicht andeuten, dass Rona ...«

»Ich will damit sagen, dass jemand Ronas Halstuch benutzt hat, um den Verdacht auf sie zu lenken.«

Carl trat einen Schritt zurück und lehnte sich gegen die Wand. Er schien blass geworden zu sein, und in seiner Stimme lag ein Hauch von Besorgnis. »Warum sagen Sie mir den Namen der Frau nicht?«

»Es handelt sich dabei um eine Mrs. Spedro. Kennen Sie sie?«

Es gab eine Pause, dann sagte Carl Knight langsam: »Der Name sagt mir nichts.«

Es war offensichtlich, dass Houston keine weiteren Informationen erhalten würde, also ging er und nahm ein Taxi in der Cromwell Road. Während sie durch die menschenleeren Straßen fuhren, ließ er die Ereignisse des Tages Revue passieren. Es war ein Geistesblitz von Superintendent Elder gewesen, Rona unter Beobachtung zu stellen. Sie hatte ein Alibi für den Tod von Mrs. Spedro, das war die Hauptsache.

Es war schon nach Mitternacht, als er nach Hause kam, aber er fand Rona am Radio sitzen. »Ich habe dir etwas Kaffee übriggelassen«, sagte sie, und er folgte ihr in die Küche. »Hast du etwas über mein Halstuch herausgefunden?«, fragte sie besorgt, während er seinen Kaffee umrührte.

Er schüttelte den Kopf und erzählte ihr von seinem Besuch in der Wohnung von Carl Knight. »Ich bin mir sicher, dass ich es dort vergessen habe«, sagte sie. »Gerade als ich es abnehmen wollte, wurde Carl zum Telefon gerufen.«

»Warum hast du nicht danach gesucht, als du rauskamst?«

»Ich weiß es nicht genau. Vielleicht habe ich es getan, sozusagen unbewusst. Ich bin mir sicher, wenn das Halstuch dort gelegen hätte, wo ich es abgelegt hatte, hätte ich es gesehen und wieder umgebunden. Es kann einfach nicht da gewesen sein.«

»Dann hat es vermutlich jemand mitgenommen. War sonst noch jemand in der Wohnung?«

»Ich habe niemanden gesehen. Wir schienen die ganze Zeit allein zu sein.« Sie zögerte einen Moment, dann fragte sie: »Du glaubst doch nicht, dass Carl etwas mit dem Mord zu tun hat, oder?«

»Dafür gibt es keine Beweise. Aber dein Halstuch wird als Beweisstück vorgelegt werden und man wird dich auffordern, es zu identifizieren.«

Ihre Spekulationen wurden durch das Klingeln des Telefons unterbrochen. Houston dachte, es sei der Sergeant, der die Rückkehr des mysteriösen Mr. Arnold meldete, und hob den Hörer ab. Eine sanfte, angenehme Stimme sagte: »Inspektor Houston? Ich dachte, es würde

Sie interessieren, dass Sir Cedric Kelford eine weitere Nachricht über seine Tochter erhalten hat. Diesmal werden zehntausend Pfund gefordert. Das Geld soll morgen Abend zur Leach-Farm bei Petworth gebracht werden. Natürlich wird er dieses Mal der Polizei nichts sagen, aber ich dachte, Sie würden es gerne wissen, Inspektor.«

Die Leitung war tot. Houston ließ den Anruf sofort zurückverfolgen. Man konnte nur feststellen, dass er von einer öffentlichen Telefonzelle in Hammersmith gekommen war.

Houston fuhr sofort los, um Sir Cedric zu besuchen. Er musste wissen, was Kelford zu dieser neuesten Entwicklung zu sagen hatte.

»Kommen Sie, Inspektor.«

»Gibt es sonst etwas Neues, Sir Cedric?«, fragte Houston ohne besondere Betonung. Vielleicht würde Sir Cedric doch über den neuesten Erpresserbrief sprechen.

Der Bankpräsident blickte demonstrativ auf seine Uhr. »Nichts, Inspektor«, sagte er schnell. »Und ich muss Sie leider bitten, mich zu entschuldigen. Ich habe sehr viel zu tun. Ein sehr wichtiger Besucher wartet bereits seit zehn Minuten.«

Houston kehrte nach Scotland Yard zurück. Kelfords Verhalten hatte ihn davon überzeugt, dass Sir Cedric einen neuen Brief des Erpressers erhalten hatte und dass er diesmal entschlossen war, die Polizei aus dem Spiel zu lassen und die geforderte Summe zu zahlen.

Loman erwartete Houston mit dem Resultat seiner Nachforschungen über die Leach-Farm.

»Eigentlich ist es keine richtige Farm. Mehr so eine kleine Landsiedlerstelle mit einer Hütte drauf. Gehört einem gewissen Len Milford. Die Kollegen sagen, das Ganze sei eine ziemlich vergammelte Angelegenheit. Milford hat alles verkommen lassen. Scheint ein bisschen arbeitsscheu zu sein. Trotzdem hat er immer Geld. Sie haben ihn schon lange in Verdacht, dass er krumme Dinger dreht. Aber beweisen konnten sie ihm bisher noch nichts. Sie schicken ein paar Mann in Zivil hin. Die werden die Farm unauffällig überwachen, bis wir hinkommen.«

Houstons Kollege von der Grafschaftspolizei hatte bei Einbruch der Dunkelheit einige Polizisten in der Nähe der Leachs-Farm Posten beziehen lassen. Er erklärte ihm und Loman den Weg zu dem einsamen Gehöft.

»Wünsche Ihnen viel Glück, Houston. Schade, dass ich nicht mitkommen kann. Aber ich muss hier noch eine Welle meinen Dienst schieben. Na, Sie wissen ja, wie das ist. Hoffentlich können wir diesem Milford dieses Mal was nachweisen. Der Kerl gefällt mir schon lange nicht.«

Sie fuhren durch Pentworth. Zwei Meilen hinter dem Ortsausgang befahl Houston dem Fahrer, zu stoppen. »Hier rechts, die schmale Straße entlang. Schalten Sie die Scheinwerfer aus!«

Der Fahrer gehorchte. Langsam bog der Wagen in die angegebene Richtung ein.

»Straße ist gut, Sir«, murmelte der Fahrer. »Scheint ein besserer Feldweg zu sein.« Angestrengt bohrte er seine Blicke in die Dunkelheit.

Der Wagen rumpelte langsam über den unebenen Weg. Für ein paar Sekunden trat der bleiche Mond hinter den schweren Wolken hervor, und die Männer sahen das Haus.

»Halten Sie hier an. Wenn wir ausgestiegen sind, fahren Sie hinter das Gebüsch dort und warten, bis wir wiederkommen. Und wie gesagt – kein Licht!«, schärfte Houston dem Fahrer ein.

Er und Loman verließen den Wagen und pirschten

sich an das kleine Bauernhaus heran. Es lag ungefähr fünfzig Meter von der löcherigen Straße entfernt. Hinter dem Fenster rechts von der Eingangstür sahen sie einen schwachen Lichtschein.

Houston und Loman machten die Runde zu vier strategischen Punkten, an denen die Männer der Grafschaftspolizei postiert waren, um jeden zu überwachen, der sich dem Haus näherte. Dann schlichen sie weiter. Auf einer kleinen eingezäunten Koppel gegenüber dem Haus fanden sie einen Heuschober. Ein ideales Versteck, von dem aus sie den Eingang genau beobachten konnten.

Irgendwo auf der Rückseite des Hauses bellte gelegentlich ein Hund. Wenn sich jemand der Hintertür näherte, würde er vermutlich die Aufmerksamkeit des Tieres erregen, das daraufhin anhaltend bellen würde. Houston fand es deshalb überflüssig, auch den rückwärtigen Eingang so sorgfältig zu bewachen wie die Vordertür.

Er fröstelte im kalten Nachtwind.

Auch Loman schlug den Kragen hoch und vergrub die Hände tiefer in den Manteltaschen. Sie lauschten in die Dunkelheit. Der Hund war still: Außerhalb der Farm rührte sich nichts. Ab und zu sah Houston auf das Leuchtzifferblatt seiner Uhr.

Sie warteten länger als eine Stunde. Plötzlich hörten sie ein Motorgeräusch. Ein Wagen näherte sich. Sie sahen kein Licht. Ihre Augen hatten sich inzwischen an die Finsternis gewöhnt. Das schattenhafte Auto hielt einen Augenblick an der Stelle, an der von der holprigen Straße eine grasüberwachsene Zufahrt zum Haus abzweigte. Langsam setzte sich der Wagen wieder in Bewegung, rollte auf das niedrige Gebäude zu. Der Hund auf der anderen Seite begann wild zu bellen. Fast im selben Augenblick, in dem der Wagen anhielt, öffnete sich die Autotür, und ein Mann sprang heraus. Er zog etwas aus dem Wagen. Es konnte ein großer Koffer sein.

»Das muss Kelford sein«, flüsterte Loman. Aber sie konnten das Gesicht des Besuchers nicht erkennen. Der Mann klopfte an die Vordertür. Wenige Sekunden später verschwand das Licht aus dem Fenster neben der Tür. Der Ankömmling klopfte noch einmal, und sofort wurde geöffnet. Der Mann, der in der Tür erschien, hielt eine Petroleumlampe in der Hand. Sie beleuchtete sein Gesicht. Houston musste einen Ausruf unterdrücken und packte Loman am Arm. Die beiden Männer an der Tür begrüßten sich kurz und gingen hinein. Die Tür fiel zu.

»Kennen Sie etwa den Mann mit der Lampe?«, fragte Loman leise. »Und ob ich den erkannt habe«, flüsterte Houston grimmig zurück.

8

Der Mond war hinter den Wolken verschwunden. Houston und Loman konnten kaum noch die Umrisse des einsamen Farmhauses erkennen.

»Der Mann mit der Petroleumlampe«, flüsterte Houston, »das ist der Kerl, der versucht hat, mich umzubringen, auf der U-Bahn-Station.«

»Na, den Knaben werden wir uns kaufen«, zischte Loman.

»Ich denke, wir legen jetzt los«, meinte Houston. Er sah auf das Leuchtzifferblatt seiner Armbanduhr. Seit dem Eintreffen des Besuchers, den sie für Sir Cedric Kelford hielten, waren drei Minuten vergangen.

Die beiden Inspektoren verließen ihr Versteck hinter dem Heuschober. Loman holte eine kleine Signalpfeife aus der Tasche und stieß einen kurzen Pfiff aus. Das war das Zeichen für die im Gelände verteilten Polizisten, an die Farm heranzurücken. Leise näherten sich Houston und Loman der Tür. Als sie nur noch ein paar Meter vom Eingang entfernt waren, hörten sie Stimmen aus dem Haus. Sie blieben stehen. Loman klopfte Houston auf den Arm und zeigte auf das Fenster. Es stand einen Spalt offen.

»Und ich sage Ihnen – ich weiß nichts von einem kleinen Mädchen.« Die Stimme des Mannes, der wahrscheinlich Len Milford war, klang tief und rau.

»Sie wollen mich wohl für dumm verkaufen«, kam die Stimme Sir Cedric Kelfords. »Sie müssen doch...« Der andere unterbrach ihn. »Alles, was ich weiß, ist, dass ich einen Koffer mit 10.000 Eiern in Empfang nehmen soll.«

Houston gab Loman ein Zeichen. Sie liefen zur Tür. Loman pfiff ein zweites Signal. Die Tür war unverschlossen, sie rissen sie auf und stürmten durch eine mit Steinfliesen ausgelegte Halle. Sekunden später standen sie Sir Cedric Kelford und Len Milford gegenüber.

Der Farmer versuchte mit einem Sprung die Tür am anderen Ende des Raumes zu erreichen.

Loman war schneller. Er warf sich Milford in den Weg und stieß ihn zurück. »Hiergeblieben, Freundchen!«, keuchte er. »Und machen Sie keine Zicken. Das Haus ist von unseren Leuten umstellt.«

Sir Cedric Kelford hatte vor Überraschung kein Wort herausgebracht. Er stand vor dem aus rohen Steinen gemauerten Kamin und presste die Hand aufs Herz.

»Sind Sie in Ordnung, Sir?«, fragte Houston.

Kelford nickte wortlos.

Der Farmer wand sich unter Lomans hartem Griff. »Wer zum Teufel sind Sie, dass Sie einfach in ein Privathaus einbrechen!«, brüllte er.

»Sie wissen ganz genau, wer wir sind, Mister Milford«, fuhr ihn Houston an. »Jedenfalls, wer ich bin. Das wissen Sie doch noch, oder? Haben Sie schon vergessen, wie genau Sie mich erkannten, als Sie auf der U-Bahn-Station den Koffer nach mir schleuderten?«

»Machen Sie, dass Sie raus kommen!«, sagte Milford grob. »Ich weiß nicht, wovon Sie reden. Sie spinnen ja, Mann!«

»Wir gehen sofort«, versicherte ihm Loman. »Aber Sie kommen mit uns.«

»Die Mühe können Sie sich sparen«, brummte der Farmer hasserfüllt. »Aus mir kriegen Sie doch nichts raus.«

Kelford hatte sich in einen Sessel fallen lassen.

»Sie haben also einen zweiten Erpresserbrief erhalten«, stellte Houston fest. In seinem Ton lag kein Vorwurf.

Ohne ein Wort zu sagen, zog Sir Cedric Kelford ein Stück Papier aus der Tasche und hielt es Houston hin. Der Brief war auf derselben Maschine getippt wie die anderen Mitteilungen des Erpressers, die Houston gesehen hatte.

»Haben Sie irgendein Lebenszeichen von Susan bekommen?«, fragte der Inspektor.

Kelford schüttelte den Kopf. Houston fuhr herum zu Milford. »Und Sie?«, bellte er. »Wenn Sie das Kind hier irgendwo gefangen halten, dann sagen Sie's jetzt gleich! Wir werden alles durchsuchen lassen.«

»Sie werden hier keinen Menschen finden«, grunzte der Farmer. Aber er schlug die Augen nieder. Seit Houston ihn als den Attentäter von der U-Bahn-Station bezeichnet hatte, war ein ängstlicher Zug in seinem Gesicht.

Houston trat an den Tisch und griff nach dem Koffer mit den Banknoten. »Gehen wir«, sagte er und schritt zur Tür.

»Los, Milford!« Loman stieß den Farmer an.

»Sie können mir nichts anhängen!«, protestierte der Farmer noch einmal schwach.

»Das werden wir ja sehen«, sagte Houston von der Tür her. »Und Sie, Sir Cedric, sollten auch mit uns zur Polizeistation fahren. Wir haben einiges zu klären.«

Kelford hatte sich erhoben. »Also gut, Inspektor. Ich komme in meinem Wagen hinter Ihnen her.«

Die beiden Inspektoren nahmen den immer noch murmelnden Milford in die Mitte und führten ihn zu dem Polizeiwagen, der inzwischen am Eingang vorgefahren war. Houston gab den Beamten vor dem Haus noch Anweisungen für die Durchsuchung, dann fuhren sie ab. Sir Cedric Kelford folgte ihnen in seiner großen, amerikanischen Limousine.

Eine Viertelstunde später eröffnete Houston in einem Raum der Polizeistation das Verhör. »Nun, Milford«, begann er und sah den Farmer scharf an. »Jetzt wollen wir mal einiges klarstellen. Ich kann Sie wegen Mordversuchs vor Gericht bringen. Und ich habe einen Zeugen für das, was auf der U-Bahn-Station passiert ist.«

Milford schwieg. In seinem groben Gesicht zuckte es. Krampfhaft versuchte er die aufsteigende Angst zu unterdrücken.

»Andererseits«, fuhr Houston fort, »wenn Sie sich entschließen, uns alles zu sagen, was Sie wissen...«

Er brach ab und ließ die Andeutung, mit der er dem Farmer Hoffnung auf eine glimpflichere Behandlung machen wollte, wirken.

»Ich habe Ihnen schon gesagt, dass ich nichts weiß«, brummte Milford schwach.

Houston ließ ihn nicht aus den Augen. »Unter fünf Jahren Zuchthaus kommen Sie nicht davon. Kann auch sein, dass Sie noch mehr aufgebrummt kriegen. Das hängt von Ihrem Vorstrafenregister ab. Sie haben doch eins, nicht wahr?«

Milford richtete sich auf. Die gespielte trotzige Sicherheit fiel von ihm ab. Seine Augen flackerten.

Houston merkte, dass der Farmer auf einmal beunruhigt war. Er legte eine Pause ein. Er wartete.

»Also gut«, sagte er nach langem Schweigen. »Wenn Sie es vorziehen, jahrelang hinter schwedischen Gardinen...«

»Nein.« Milford schluckte. »Ich will Ihnen sagen, was ich weiß. Aber glauben Sie mir, viel ist es nicht. Ich gehöre eigentlich nicht dazu. Ich tue, was man mir sagt, und stelle keine Fragen. Wirklich, ich arbeite nur ab und zu für sie. So wie heute Abend.«

»Sie meinen die Gelbe-Windmühlen-Bande?«, fragte Houston dazwischen.

Milford nickte. »Ganz richtig.«

»Ist es eine große Organisation?«

Der Farmer hob die Schultern. »Weiß ich nicht. Aber ich denke ja.«

Houston sah ihn prüfend an. »Und was ist ihr Arbeitsgebiet?«

Milford zögerte einen Augenblick, ehe er antwortete. »Erpressung. Sie sammeln Informationen über Leute, die einen dunklen Punkt in ihrer Vergangenheit haben. Und dann... Mit mir haben sie es genauso gemacht. Sie kamen dahinter, dass ich kurz nach dem Krieg mal ein krummes Ding gedreht habe...«

Houston hob die Hand. »Lassen wir das mal beiseite, Milford«, warf er ein, um den Farmer zu ermuntern. »Bleiben wir bei dem Fall, der uns heute beschäftigt. Was haben Sie darüber zu sagen? Welche Anweisungen hatten Sie für heute Abend?«

»Ich sollte den Koffer mit dem Geld zum Viktoria-Bahnhof bringen und in der Gepäckaufbewahrung aufgeben. Danach sollte ich den Gepäckschein an diese Adresse schicken.« Während er sprach, fingerte er in seiner Rocktasche und brachte einen kleinen Zettel zum Vorschein.

»Geben Sie her!« Houston nahm den Zettel und las: »Mr. A. P. Arnold, 29 Ainsworth Court, London W. C. 1.«

Die Wohnung, in der er Mrs. Spedro erdrosselt aufgefunden hatte! Die Wohnung, in der die Schreibmaschine stand, auf der die Erpresserbriefe geschrieben worden waren. Mr. A. P. Arnold. Er war immer noch nicht wieder in seiner Wohnung aufgetaucht, seit die Polizei sie bewachte.

Mr. A. P. Arnold... Von dem Händler, der Carl Knights gebrauchte Schreibmaschine weiterverkauft hatte, war der Mann dieses Namens als junger Mensch mit Hornbrille und unordentlichem schwarzen Haar beschrieben worden. Die gleiche Beschreibung hatte der Wirt der ›Aufgehenden Sonne‹ von dem jungen Mann gegeben, mit dem sich die ermordete Mary Latimer kurz vor ihrem Tod mehrmals in seinem Lokal getroffen hatte. Dieser A. P. Arnold ist eine Schlüsselfigur in diesem rätselhaften, mörderischen Spiel, dachte Houston. Aber wer verbirgt sich hinter dem Namen?

Er blickte auf. »Haben Sie Arnold schon einmal gesehen?«

Milford schüttelte den Kopf. »Noch nie.«

»Und was wissen Sie über die kleine Tochter von Sir Cedric?«

»Alles, was ich zu tun hatte, war, das Geld in Empfang zu nehmen«, beharrte der Farmer. »Ich wusste nicht einmal, wer es herbringen würde.«

Loman schaltete sich ein. Auch er hatte inzwischen den Zettel mit der Adresse gelesen. »Und Sie wollen uns allen Ernstes erzählen, dass Sie nie jemanden von dieser Organisation persönlich kennengelernt haben?«

Milford drehte sich halb zu ihm. »Glauben Sie mir«, sagte er in beschwörendem Ton. »Sie machen alles telefonisch oder schriftlich, durch die Post. Ich weiß nicht, wer dahintersteckt. Und von irgendjemandem wird man dauernd überwacht. Bestimmt haben sie jetzt draußen bei der Farm einen, der genau verfolgt, was vorgeht. Ich wage gar nicht, dorthin zurückzukehren.«

Houston warf Loman einen Blick zu. Loman nickte kurz. Milfords Aussage klang glaubwürdig. Sie hatten es offenbar mit einer besonders raffinierten Bande zu tun. Nicht einmal die Handlanger, die die Befehle ausführten, wussten, wer der Drahtzieher war.

»In Ordnung, Milford«, sagte Houston. »Wir können es so einrichten, dass Sie ein paar Tage hierbleiben.«

Er bat den Sergeant der Polizeistation, Milford unterzubringen.

»Wir fahren jetzt in die Stadt zurück. Da Sie eine Menge Geld bei sich haben«, wandte er sich an Sir Cedric Kelford, der das Verhör schweigend mit angehört hatte, »halte ich es für besser, in Ihrem Wagen mitzufahren.«

Der Polizeiwagen folgte ihnen. Sir Cedric Kelford saß schweigend am Steuer. Auf Houstons Versuche, ein Gespräch in Gang zu bringen, reagierte er nur mit abweisendem Knurren. Auf die Fragen des Inspektors gab er keine Antwort.

»Ich wünschte bei Gott«, brach es nach langer Zeit aus ihm hervor, »Sie hätten sich aus dieser Affäre herausgehalten, Houston. Mein Gefühl sagt mir, dies war die letzte Chance, Susan zurückzubekommen.« Er presste die Lippen fest zusammen, und seine Backenknochen traten hervor.

»Ich kann Ihre Bitterkeit verstehen, Sir Cedric«, wandte Houston ein. »Aber so hoffnungsvoll, wie Sie diese Angelegenheit von heute Abend darstellen, sah sie meiner Meinung nach nicht aus. Vergessen Sie nicht – Milford wusste überhaupt nichts von Susan.«

Sir Cedric schüttelte heftig den Kopf. »Damit, dass Susan auf der Farm sei, habe ich nicht gerechnet, wenn Sie das meinen. Schließlich wussten die Banditen, dass ich nach dem Empfang des ersten Erpresserbriefes zur Polizei gegangen bin, und sie mussten in Betracht ziehen, dass ich es beim zweiten Mal wieder tun würde. Dann hätten sie ihren Trumpf, das Kind, verloren – und auch das Geld. Nein, sie dachten gar nicht daran, mir Susan auf der Farm zu übergeben. Aber ich hätte sie wahrscheinlich woanders abholen können, nachdem ich ihnen verabredungsgemäß die zehntausend Pfund gebracht hatte. Ich will mein Kind wiederhaben, Inspektor.

Sie wollen den Täter verhaften. Wenn Sie ein wenig mehr Phantasie hätten, diesen Milford auf dem Weg zum Viktoria-Bahnhof beschattet, und dann auf die Person, die den Koffer abholen sollte, gewartet hätten... So wären Sie vielleicht an den Erpresser herangekommen. Aber einfach so mitten in die Unterredung mit Milford hineinzuplatzen – damit haben Sie alles verpatzt, Houston.«

Der Inspektor hörte sich die Vorwürfe ruhig an. »Hinterher klug daherzureden, ist keine Kunst, Sir Cedric«, sagte er. »Wenn Sie zu uns gekommen wären, nachdem Sie den letzten Erpresserbrief erhalten hatten, dann hätten wir gemeinsam überlegen können, wie wir am besten vorgehen sollten. Wahrscheinlich hätten wir genau das getan, was Sie jetzt nachträglich empfehlen. Aber wenn Sie mit uns nicht zusammenarbeiten wollen, müssen Sie schon uns überlassen, das zu tun, was wir unter diesen Umständen für richtig halten.«

Kelford beruhigte sich langsam. »Ich weiß, Sie tun Ihr Möglichstes, Inspektor. Aber wenn ich an das unschuldige arme Kind in der Hand dieser Lumpen denke – das macht mich rasend.«

»Das verstehe ich sehr gut, Sir Cedric. Aber wenn Sie doch endlich einsehen wollten, dass wir nur bestrebt sind, Ihnen zu helfen!«

Vor seinem Haus am Eaton Square verabschiedete sich Sir Cedric Kelford von Houston. Der Inspektor sah ihm nach, wie er mit schweren Schritten zur Tür ging, bedrückt und niedergeschlagen von dem Misserfolg.

Houston wanderte durch die nächtlich leeren Straßen zu der Wohnung in Ainsworth Court. Der wachhabende Sergeant meldete ihm, dass der geheimnisvolle Mr. A. P. Arnold immer noch nicht erschienen sei. Im Erdgeschoß klingelte Houston den Nachtportier des Appartementhauses heraus. Es war ein gesprächiger Ire.

Wortreich beschrieb er den Mieter Arnold. Aber er wusste nicht mehr über ihn zu sagen, als der Wirt der ›Aufgehenden Sonne‹ und der Schreibmaschinenhändler dem Inspektor schon berichtet hatten.

Erst gegen sechs Uhr morgens erreichte Houston seine Wohnung. Er stellte den Wecker auf neun, legte sich hin und schlief sofort ein.

Als er dreieinhalb Stunden später das Badezimmer verließ, wartete Rona auf ihn. »Das Frühstück ist gleich fertig.«

Schnell zog sich Houston an.

»Ich habe mir große Sorgen um dich gemacht«, empfing ihn Rona am Frühstückstisch. »Wo warst du die ganze Nacht? Was ist geschehen?«

Er erzählte ihr kurz, was sich ereignet hatte. Sie merkte ihm seine Enttäuschung an und wechselte schnell das Thema.

Houston griff nach der Morgenzeitung. Bald darauf klingelte es, und Rona führte Bob Harridge herein.

»Nanu, Bob – Sie, um diese Uhrzeit?«, wunderte sich Houston. »Sie müssten doch längst in der Bank sein.«

Bob Harridge sah sehr selbstzufrieden aus. »Da merkt man wieder, dass die angeblich allwissende Polizei doch nicht alles weiß«, sagte er lachend und stellte sich in Positur. »Vor sich sehen Sie einen der neuesten Repräsentanten des guten alten privaten Unternehmungsgeistes.«

»Willst du damit sagen, dass du nicht mehr bei der Bank arbeitest?«, rief Rona.

Bob setzte sich und nahm die Tasse Kaffee, die Rona ihm anbot. »Genau das. Ich habe schon seit langer Zeit mit dem Gedanken gespielt, mich selbständig zu machen. Nun habe ich es endlich getan. Ich habe ein kleines Maklerbüro in Tooting eröffnet. Vor zehn Uhr fange ich nie an.« Er lächelte. »Ich dachte, ich müsse mal wieder reinschauen und mich erkundigen, wie es mit dem Fall steht. Es gibt doch sicher inzwischen etwas Neues?«

»Und welche Art von Neuigkeiten erwarten Sie?«, fragte Houston.

»Nun, ich dachte, vielleicht seien Sie meinem Tipp über Mary Latimer und ihre Besuche in der ›Aufgehenden Sonne‹ nachgegangen.

»Das habe ich auch getan, Bob, und ich bin Ihnen für die Information sehr dankbar. Sie wird sich vielleicht sogar im weiteren Verlauf der Fahndung noch als sehr nützlich erweisen. Aber da Sie nun einmal hier sind, könnten Sie mir vielleicht noch bei der Klärung einiger anderer Dinge helfen.«

Bob zündete sich eine Zigarette an. »Aber selbstverständlich, Sir, wenn ich dazu in der Lage bin.« Er lehnte sich behaglich in den Sessel zurück.

Houston beugte sich vor. »Haben Sie jemals von einem Mann namens A. P. Arnold gehört?«

»Arnold? Ich glaube nicht. Tut mir leid, dass ich Ihnen nicht helfen kann, Inspektor.«

»Sie haben auch nie gehört, dass Mary Latimer diesen Namen erwähnte?«

»Ich bin ganz sicher, dass sie in meiner Gegenwart diesen Namen nie genannt hat. Warum hätte sie das auch tun sollen? Ich sagte Ihnen schon vor ein paar Tagen – Sie werden sich daran erinnern –, dass ich mit dem Mädchen nur sehr wenig gesprochen habe«, erwiderte Bob Harridge. »Übrigens, Inspektor, stimmt es, was ich in der Zeitung gelesen habe – dass Sie auch diesen Mordfall in Ainsworth Court bearbeiten? Handelte es sich nicht um eine Mrs. Spedro oder so ähnlich?«

Houston nickte. »Das ist richtig. Hat Mary Latimer etwa von ihr gesprochen?«

Harridge streifte die Asche von seiner Zigarette. »Nein, auch das nicht. Es sieht nicht so aus, als ob ich Ihnen heute Morgen viel nützen könnte, Sir.«

»Sind Sie seit jenem Abend, an dem Sie bei uns waren, noch in irgendwelche Zwischenfälle verwickelt worden, Bob?«, erkundigte sich Houston.

Harridge sah ihn überrascht an. »Warum sollte ich? Sie wollen doch wohl nicht sagen, dass der Kerl in dem Wagen auf *mich* geschossen hat?«

»Es könnte durchaus so gewesen sein«, antwortete Houston trocken.

»Aber – aber warum?«

»Sie könnten irgendwelche Informationen besitzen, die diese Burschen gern – unterdrückt wissen möchten.«

Harridge riss ungläubig die Augen auf. »Ich bin doch bloß ein kleiner Bankangestellter– jedenfalls war ich das!«

Houston musste bei seinem Anblick lachen. »Schon gut, Bob, vergessen Sie's.« Er sah sich um. Rona hatte das Zimmer verlassen und war außer Hörweite. »Tatsächlich bin ich ziemlich sicher«, fuhr er leiser fort, »dass die Schüsse mir galten. Inzwischen hat man noch ein zweites Mal versucht, mich umzubringen.«

»Großer Gott, Sie brauchen einen Leibwächter oder so etwas!«

»Berufsrisiko...«, lächelte Houston.

Kopfschüttelnd stand Bob Harridge auf und verabschiedete sich. Rona, die gerade ins Zimmer hatte zurückkehren wollen, begleitete ihn zur Tür.

»Wollen wir nicht abends mal essen gehen, um meine Flucht aus der Bank zu feiern?«, lud Bob sie ein.

»Gern, Bob. Aber in den nächsten Tagen habe ich eine Menge anstrengender Proben...«

»Du wirst's schon überstehen.« Er ließ ihren Einwand nicht gelten. »Also sagen wir morgen Abend um acht Uhr in Danilos Restaurant. Einverstanden?«

»Gut, ich komme«, versprach Rona.

Houston beendete die Lektüre der Morgenzeitung, dann brach er auf. In Scotland Yard empfing ihn Loman mit der Nachricht, Carl Knight habe eingewilligt, seine Fingerabdrücke nehmen zu lassen.

»Was Neues vom Ainsworth Court?«, fragte Houston. »Etwas über diesen A. P. Arnold?«

»Immer noch kein Lebenszeichen von ihm.« Loman begleitete Houston ins Zimmer des Superintendenten Elder. »Ich habe ihm schon in groben Zügen erzählt, was sich gestern Abend auf der Farm abgespielt hat. Aber er möchte noch Ihren Bericht hören.«

Elder kam schließlich auf Sir Cedric Kelfords Taschenmesser zu sprechen, das in der Handtasche der toten Mrs. Spedro gefunden worden war. »Ich weiß nicht, was ich von Sir Cedric halten soll«, gestand er. »Auch sein Verhalten gestern Abend… Er hätte uns benachrichtigen müssen, als er den zweiten Erpresserbrief erhielt, in dem er samt seinen zehntausend Pfund auf diese einsame Farm bestellt wurde.«

Houston stimmte ihm zu. »Trotzdem gibt es eine Entschuldigung für ihn. Er ist verzweifelt. Er macht sich Sorgen um sein Kind.«

Es klopfte, und ein Sergeant trat ein. Er übergab dem Superintendenten ein Zigarettenetui.

»Es ist in Mrs. Spedros Manteltasche gefunden worden, Sir«, meldete er. »Wir haben es ihrem Mann gezeigt. Er bestätigt, dass es ihr gehörte. Aber er weiß nicht, woher sie es hatte.«

Der Superintendent drehte das Etui in seinen knochigen Händen. Es war aus Gold und trug Initialen in einer Ecke. »Sind das die Anfangsbuchstaben ihres Namens?«, fragte Elder. »M. S.?« Er reichte das Etui an

Houston weiter.

»Ja«, sagte Houston. »Margarita Spedro.« Er trat mit dem Etui ans Fenster und betrachtete es sorgfältig. Dann kam er langsam zum Schreibtisch zurück.

»Sehen Sie sich noch einmal die Initialen an, Sir«, forderte er seine Vorgesetzten auf.

Elder und Loman beugten sich über das Etui.

»Wenn Sie genau hinschauen«, fuhr Houston fort, »erkennen Sie, dass der Buchstabe S ursprünglich ein R war. Dieser Buchstabe ist nachträglich umgearbeitet worden.«

»Tatsächlich!« Elder warf Houston einen Blick zu. »Sie sehen sehr zufrieden aus, Houston. Was hat das zu bedeuten?«

»Ich finde eine gewisse Theorie, die ich aufgestellt habe, bestätigt«, sagte Houston. »Ich erzähle Ihnen später, worum es sich handelt. Es ist nicht so eilig.«

Rona Houston bewunderte Bob Harridges neuen Anzug, als sie sich in der Vorhalle von Danilos Restaurant trafen, und sie sagte es ihm. Bob war sichtlich geschmeichelt und murmelte, sein eigener Boss zu sein, vermittle einem ein völlig neues Lebensgefühl.

Beim Essen sprach er in sehr vertraulichem Ton. »Nachdem ich nun die Bank verlassen habe, Rona, kann ich mir erlauben, mit dir über einige Dinge zu sprechen, die mich im Zusammenhang mit dem Tod deines Bruders beunruhigen«, begann er. »Das heißt – ob ein Zusammenhang besteht, weiß ich nicht. Aber es könnte der Fall sein.«

Gespannt sah Rona ihn an. Er füllte ihr Weinglas und fuhr fort: »Natürlich ist das alles streng vertraulich, Rona. Vor ein paar Monaten hatten wir im Büro einigen Ärger. Es war festgestellt worden, dass Informationen über große Pläne einiger unserer wichtigsten Bankkunden zu deren Konkurrenten durchgesickert waren. Wenn es sich nur um einen Fall gehandelt hätte, wäre es möglich gewesen, dass die Indiskretionen anderswo begonnen worden waren. Aber es war kein Einzelfall. Und so geriet das Bankpersonal in Verdacht, jedenfalls einige von uns.«

Rona runzelte die Stirn und setzte das Glas ab.

»Davon hat Dennis mir nie etwas erzählt.«

Harridge sah überrascht aus. »Er hat auch nichts angedeutet? Aber nun ja, es ist verständlich, dass er es unterließ...«

»Was willst du damit sagen?« Bob druckste herum. »Nun, um offen zu sein – der Hauptverdacht fiel schließlich auf Dennis. Die Sache wurde untersucht, Dennis wurde eingehend befragt, und ich glaube, man hat ihn auch eine Zeitlang überwacht. Aber man fand keinen Beweis gegen ihn.«

Rona senkte den Kopf. »Sir Cedric Kelford hat nie etwas davon erwähnt«, sagte sie leise.

»Warum auch, Rona? Ich habe dir doch erklärt, dass man nicht das Geringste fand, was gegen Dennis gesprochen hätte.«

Sie blickte auf. »Und warum erzählst du es mir?«

Bob bemerkte, wie blass Rona während seines Berichts geworden war. »Ich will nur helfen«, sagte er, ein wenig gekränkt. »Mir kommt es vor, als sei Dennis mit irgendwelchen nicht ungefährlichen Leuten in Verbindung gekommen. Und als er sich weigerte, das zu tun, was sie von ihm wollten, da... So könnte es gewesen sein, Rona.«

Sie nickte stumm. Es war die einleuchtendste Erklärung, die sie bisher für den Tod ihres Bruders gehört hatte. Sie nahm sich vor, bei nächster Gelegenheit mit Sir Cedric Kelford darüber zu sprechen.

Sie legte die Hand übers Glas, als Bob Harridge

nachschenken wollte. »Nein danke. Ich w ich... Sei mir nicht böse, Bob, aber ich glaube, am besten fahre ich jetzt nach Hause.«

Bob Harridge machte keinen Versuch, sie zurückzuhalten.

Auf dem Heimweg dachte Rona über Bobs Mitteilungen nach. Sie war tief beunruhigt. Sie sah auf die Uhr und fasste einen Entschluss. Sie wendete den Wagen und fuhr in die Stadt zurück.

Als sie an Kelfords Haus am Eaton Square vorfuhr, war es halb elf. Kelford empfing sie sofort.

»Entschuldigen Sie meine Aufmachung, Miss Houston.« Er wies an sich hinunter auf seine Hausjacke und seine Hausschuhe. »Aber ich habe natürlich nicht damit gerechnet, jetzt noch einen so netten Besuch zu bekommen.«

Er nahm sie bei der Hand und geleitete sie zu einem Schaukelstuhl vor dem Kamin. »Nun, was führt Sie zu mir?« Er bot ihr eine Zigarette an und gab ihr Feuer. »Etwas zu trinken?«

Rona entschied sich für Whisky. Sie wartete mit der Antwort auf seine Frage, bis auch er Platz genommen hatte.

»Es geht um meinen Bruder«, begann sie leise. »Ich habe gehört, dass er in den Verdacht geraten ist, Bankgeheimnisse ausgeplaudert zu haben.« Sie erwähnte nicht, von wem sie es erfahren hatte.

Sir Cedric rieb sich gedankenvoll das Kinn. »Es stimmt«, gab er zögernd zu. »Das war eine unerfreuliche Geschichte, und Ihr Bruder stand eine Zeit unter Verdacht. Ich habe die ganze Angelegenheit sehr gründlich überprüfen lassen. Das war gar nicht einfach. Aber ich kann Ihnen sagen, wir haben nicht den geringsten Anhaltspunkt gefunden, der den Schluss erlaubt hätte, dass

Ihr Bruder in die Affäre verstrickt war.«

Rona hörte schweigend zu. Er sah, dass sie immer noch grübelte. Er stand auf und begann im Zimmer hin und her zu gehen.

»Wir haben die Sache natürlich nicht auf sich beruhen lassen«, sprach Sir Cedric weiter. »Das können wir schon wegen unserer Bankkunden nicht. Unser Verdacht geht in eine ganz andere Richtung. Wir hoffen, bald die Lösung des Rätsels zu finden. Es ist täglich damit zu rechnen, dass der Fall endgültig aufgeklärt wird.«

Sie blickte zu ihm auf. »Und Sie sind ganz sicher, dass Dennis nicht...«

Er klopfte ihr sanft und beruhigend auf die Schulter. »Absolut sicher. Sehen Sie, wir haben allen Grund, anzunehmen...«

Das Klingeln des Telefons unterbrach ihn. Er entschuldigte sich bei Rona und schritt durch den weiten Raum zu dem kleinen Tisch, auf dem der Apparat stand. Er hob den Hörer ans Ohr. Plötzlich stieß er einen erstickten Schrei aus.

Rona sprang auf und machte ein paar Schritte auf ihn zu.

»Susan«, rief er mit zitternder Stimme, »Susan, mein Liebling! Bist du es wirklich?«

Er lauschte. Rona fühlte Tränen in ihre Augen steigen.

Dann veränderte sich sein Ton. Offenbar sprach jetzt am anderen Ende der Leitung jemand anders. Rona hörte undeutlich eine Männerstimme.

»Ja, der Koffer ist noch hier«, sagte Sir Cedric. Seine Stimme klang fast beflissen.

Er hat Angst, dachte Rona, was muss er durchgemacht haben, dass er, der mächtige Mann, in dieser Weise mit einem schäbigen Erpresser redet.

»Ja, und das Geld ist auch noch darin«, sagte

Kelford. »In kleinen Scheinen, genauso, wie Sie es verlangt haben. Also gut. Ja, ich habe verstanden.«

Er ließ den Hörer auf die Gabel fallen und starrte den Apparat an. Langsam hob er den Blick und sah Rona an. Schweißperlen standen auf seiner Stirn. Seine Hand zitterte, als er das Tuch aus seiner Brusttasche zog und sich die Stirn abtupfte.

»Miss Houston«, stieß er verzweifelt hervor. »Sie müssen mir helfen!«

Er atmete mühsam. Rona fasste ihn besorgt am Arm. »Ist Ihnen nicht gut, Sir Cedric?«

»Es ist gleich vorbei«, erwiderte er, sich zur Ruhe zwingend. Er trat an ein Wandregal, schüttelte eine Tablette aus einem kleinen grünen Glas und führte die Hand zum Mund. Er goss ein Glas voll Wasser und leerte es halb auf einen Zug. Langsam kam er zu Rona zurück.

»Susan lebt!«, sagte er, nun sichtlich ruhiger. »Ich habe ihre Stimme gehört. Der Mann sagte. ich bekäme Susan unverzüglich zurück, wenn ich dafür sorge, dass er sofort die zehntausend Pfund erhält.«

»Und darauf sind Sie eingegangen.« Es war mehr eine Feststellung als eine Frage. »Natürlich«, sagte Sir Cedric Kelford. »Aber das ist noch nicht alles.«

Er sah Rona flehend an. »Sie wissen, dass Sie hier bei mir sind. Und sie verlangen, dass Sie das Geld übergeben...«

Rona öffnete den Mund. Sie brachte keinen Laut hervor. Sie fühlte, wie eine eiskalte Welle sie überschwemmte.

9

Rona Houston fühlte das Blut in ihren Schläfen hämmern. Sie schloss die Augen. Sie wunderte sich, dass sie noch klar denken konnte: Ich soll den Erpressern das Geld übergeben! Wenn nur die Angst nicht wäre, mein Gott, diese furchtbare Angst!

»Sie verlangen, dass Sie das Geld nach Wimbledon Common bringen«, wiederholte Sir Cedric Kelford. Er stand dicht vor ihr, sein Gesicht war nahe an dem ihren, sie spürte die hastigen Züge seines Atems.

»Sollen wir nicht meinen Vater anrufen?«, fragte sie schwach.

»Nein, wir dürfen kein Risiko eingehen!«, rief Kelford. Er konnte die Verzweiflung in seiner Stimme nicht unterdrücken. »Vielleicht haben sie mein Telefon angezapft. Diese Leute sind zu allem fähig.«

Mit bebenden Händen fasste er sie an beiden Schultern. »Bitte, Miss Houston, Sie müssen mir helfen! Sie können doch nicht zulassen, dass dem Kind etwas geschieht! Sie würden es sich nie verzeihen! Ich schwöre Ihnen: Es wird Ihnen nichts passieren.«

Sie las die Angst in seinen Augen und senkte den Kopf. »Ja«, sagte sie leise. »Ich helfe Ihnen...«

Sir Cedric wandte sich ab, ging zur Hausbar und goss Rona einen neuen Whisky ein. Sie sah, dass er sich verstohlen über die Augen wischte. Seine Hand zitterte, als er ihr das Glas übergab.

Sie nahm einen kräftigen Schluck. »Muss ich wirklich allein dorthin?«

Er nickte. »Das ist das, was der Mann am Telefon verlangt hat. Er warnte mich. Dies sei meine letzte

Chance, Susan heil zurückzubekommen. Verstehen Sie jetzt, dass ich nichts mehr riskieren will?«

»Das verstehe ich sehr gut.«

Sie spürte, dass die Aufregung von ihr wich und ihre übliche Ruhe und ihr Selbstvertrauen zurückkehrten.

»Am besten erklären Sie mir jetzt genau, was ich tun soll. Wir haben keine Zeit zu verlieren.«

Kelford sah sie dankbar an und streichelte schnell ihre Hand. Er erläuterte ihr die Anweisungen, die der Mann am Telefon gegeben hatte.

»Sie nehmen meinen Wagen und fahren nach Wimbledon Common. Dort parken Sie auf dem Platz in der Nähe der Windmühle. Sie bleiben im Wagen sitzen. Der große Koffer, der das Geld enthält, steht auf dem Rücksitz. Man wird Susan zum Wagen bringen, Sie übergeben den Geldkoffer, Susan bleibt bei Ihnen. Dann kommen Sie mit ihr sofort hierher.«

»Woran werden sie mich erkennen?«

»Sie kennen meinen Wagen. Außerdem bezweifle ich, dass dort um diese Nachtzeit noch andere Autos stehen.«

Er drückte auf den Klingelknopf neben dem Kamin und beauftragte den Butler, der kurz darauf erschien, den Koffer in den Wagen zu schaffen. Rona, trotz aller Selbstbeherrschung immer noch nervös, stellte Kelford einige Fragen über die Bedienung seines Autos. Dann folgten sie dem Diener, der schon im Treppenhaus verschwunden war.

Ehe sie hinuntergingen, legte Sir Cedric Kelford die Hand auf Ronas Arm und hielt sie einen Moment zurück. »Was nun auch geschieht«, sagte er tief bewegt, »für das, was Sie jetzt tun, Rona, werde ich ewig in Ihrer Schuld stehen. »In einer plötzlichen Regung umarmte er sie und küsste sie zart auf die Wange.

Drei Minuten später fuhr Rona ab. Im Rückspiegel

sah sie, dass Sir Cedric Kelford bewegungslos an der Bürgersteigkante vor seinem Haus stand und ihr nachblickte.

Die Straßen waren leer. Ihre Gedanken kehrten zurück zu dem einsamen Mann, der sie um Hilfe angefleht hatte.

Bis zu diesem Abend hatte sie ihn nur für einen mächtigen Geschäftsmann gehalten, der hart geworden war im ständigen Kampf um den Erfolg. Er schien ihr freundlich, aber nüchtern und kühl. Jetzt wusste sie, dass sich hinter diesem eiskalten Wall, mit dem er sich umgab, sehr zarte Gefühle verbargen und eine Warmherzigkeit, die sie nie bei ihm vermutet hatte. Sie gestand sich ein, dass niemals zuvor ein Mann sie so tief beeindruckt hatte.

Als sie Wimbledon Parkside hinunterfuhr, bemerkte sie, dass sie die zulässige Höchstgeschwindigkeit weit überschritt. Sie verminderte das Tempo. Es konnte nur noch Minuten dauern, bis sie den Platz an der Windmühle erreichte.

Sergeant O'Donovan war Rona von Danilos Restaurant zum Haus Sir Cedric Kelfords am Eaton Square gefolgt. Er hatte das Taxi an der nächsten Ecke anhalten lassen, den Fahrer bezahlt und war langsam in die Nähe des Hauses zurückgekehrt, um dort Posten zu beziehen. Er lehnte im Schatten einer Außentreppe und beobachtete, wie Kelfords Haustür geöffnet wurde und der Butler einen großen Koffer im Wagen verstaute. Er sah Rona mit Kelford herauskommen, allein in den Rolls Royce steigen und abfahren.

O'Donovan wartete, bis Kelford wieder ins Haus gegangen war. Dann lief er zu einem offenen Sportwagen, der vor einem Haus in der Nähe geparkt war und den er bereits bei seiner Ankunft bemerkt hatte.

Warum war Rona in einem Taxi gekommen und jetzt in Kelfords Wagen davongefahren? Ein Instinkt sagte O'Donovan, dass etwas Wichtiges im Gang war. Er musste sie verfolgen. Er zögerte keinen Moment, in den Sportwagen zu springen. Der Fahrer hatte vergessen, die Lenkradsperre abzuschließen. O'Donovan drückte auf den Anlasserknopf, der Motor sprang sofort an.

Der Sergeant gab Gas und raste in die Richtung, in der Rona mit Kelfords Rolls verschwunden war. An der Sloane Street bekam er Kelfords Wagen in Sicht. Der Verkehr war gering, und es fiel O'Donovan leicht, den Rolls Royce nicht aus den Augen zu verlieren.

Das Mädchen drückt ganz schön auf die Tube, dachte er. Aber ich muss diese polizeiwidrige Geschwindigkeit mithalten.

O'Donovan spürte nun doch Gewissensbisse, weil er sich den fremden Sportwagen ohne Erlaubnis angeeignet hatte.

Aber was blieb mir in dieser Situation weiter übrig?, fragte er sich. Houston wird mich verstehen, aber ob die Chefs in Scotland Yard mir das durchgehen lassen, wenn sie erfahren, dass ich, wie sie so schön sagen werden, das Gesetz in meine eigenen Hände genommen habe? Ach, der Teufel soll sie alle holen! Der Erfolg entscheidet. Wenn was schiefgeht, habe ich eben Pech gehabt.

Er kicherte bei dem Gedanken, dass der Sportwagenfahrer inzwischen die Polizei alarmiert haben könnte und er, O'Donovan, vielleicht von einer Verkehrsstreife gestellt werden würde – ein Polizist als Automarder aus dienstlichen Gründen.

Er sah den Rolls Royce in die Richtung zur Windmühle einbiegen. Er stoppte und wartete einige Minuten. Dann fuhr auch er langsam auf den großen Parkplatz und hielt hinter zwei anderen Wagen, die etwa sechzig Meter von dem Rolls entfernt abgestellt waren.

Er schaltete das Licht aus, öffnete die Tür und zog sie wieder zu, um durch das Geräusch vorzutäuschen, er habe den Wagen verlassen. Er duckte sich auf dem Fahrersitz nieder. Erst ein paar Minuten später öffnete er leise die Tür und glitt hinaus.

Rona sah einen Sportwagen auf den Parkplatz rollen. Er kam ihr irgendwie vertraut vor, aber sie konnte sich nicht erinnern, wo und wann sie ihn vorher schon einmal gesehen hatte. Sie hörte in einiger Entfernung eine Wagentür klappen. Danach war es still. Nichts rührte sich auf dem Platz. Die Stille, die Dunkelheit bedrückten sie. Was sollte sie tun, wenn jemand sie überfiel? Angenommen, die Gangster entrissen ihr den Geldkoffer, ohne ihr das Kind auszuliefern? Was konnte sie dagegen machen? Nichts. Außer dem Versuch, die Männer zu sehen, sich jede Einzelheit ihrer Erscheinung einzuprägen, soweit das überhaupt möglich war bei dieser Finsternis.

Sie wartete. Immer noch war kein Laut zu hören. Sie fühlte ihr Herz klopfen.

Ich muss durchhalten!, suggerierte sie sich. Es geht um die kleine Susan, es geht um Kelford. Der Gedanke an ihn gab ihr neue Zuversicht. Es gelang ihr, die aufsteigende Angst zu bezwingen. Plötzlich hörte sie Schritte. Sie näherten sich von der gegenüberliegenden Seite des Parkplatzes, wo einige unbeleuchtete Wagen abgestellt waren.

Noch ehe sie damit rechnete, stand ein Mann neben ihrem Wagenfenster. Er klopfte leise ans Fenster, und sie kurbelte es herunter. Ihr Atem ging schneller.

Sie musste einen Aufschrei unterdrücken, als der Mann sich zu ihr herabbeugte. Er trug einen Hut, tief in die Stirn gezogen. Und einen Schal über die untere Hälfte seines Gesichtes gebunden. Er hatte einen Regenmantel an.

»Wollen Sie bitte aussteigen«, sagte er höflich. Seine Stimme war nicht zu erkennen. Rona konnte sich nicht erinnern, diese Stimme jemals zuvor gehört zu haben.

Rona gehorchte. Ihre Knie zitterten, aber sie zwang sich zur Ruhe. Wenn jetzt ihre Nerven versagten, wenn sie einen Fehler machte, war Kelfords, war Susans letzte Chance vertan.

Der Mann wandte seinen Kopf von ihr ab und fragte: »Wo ist der Koffer?«

»Auf den hinteren Sitzen«, antwortete Rona gehorsam.

»Bleiben Sie hier stehen«, befahl der Maskierte und öffnete die hintere Tür.

Er zog den Koffer ein Stück heraus und ließ die Schlösser aufschnappen. Rona verharrte regungslos in ihrer Stellung. Der Mann prüfte schnell den Kofferinhalt, klappte den Deckel zu, zog den schweren Koffer ganz heraus und stellte ihn neben sich ab.

Er hob die Hand. »Diesen Weg«, sagte er kurz.

Rona folgte ihm zu einem schmalen Seitenweg, der von dem Parkplatz fortführte. Hatte Kelford nicht erklärt, man werde Susan zum Wagen bringen? Aber sie hielt es für besser, keine Fragen zu stellen. Sie hätte nicht sagen können, wie lange sie gingen. Vielleicht zwei, drei Minuten. Ihr kam es wie eine Ewigkeit vor. Zwischen einer kleinen Gruppe von Büschen stand eine mittelgroße Limousine. Der Maskierte gab Rona ein Zeichen, stehenzubleiben, setzte den Koffer ab, holte einen Schlüssel aus der Tasche und öffnete die Wagentür. Er beugte sich in das Auto hinein und zog den Sperrknopf der hinteren Tür hoch. Dann richtete er sich auf und öffnete sie von außen.

»Komm, Susan«, flüsterte er. »Die Lady hier wird

dich nach Hause bringen.«

Das kleine Mädchen kam langsam aus dem Wagen gekrochen. Susan gähnte und reckte die Arme. »Ich will ins Bett«, sagte sie mit ihrer hellen Stimme.

Rona hockte sich nieder und schloss die Kleine in die Arme. »Dein Daddy wartet schon auf dich«, flüsterte sie mit versagender Stimme. »Komm, ich bringe dich zu ihm...«

»Los jetzt!«, befahl der Maskierte dann. »Verlieren Sie keine Zeit und machen Sie, dass Sie wegkommen! Den Weg zurück zu Ihrem Wagen kennen Sie ja.«

Rona nahm Susan bei der Hand und rannte mit ihr davon wie gehetzt. Die Kleine neben ihr stolperte. Rona zog sie weiter.

»Komm, Susan, komm!«

Erst als sie den Rolls Royce erreichten, wich ihre Angst.

Sergeant O'Donovan hatte einen großen Busch gefunden, hinter dem er in Deckung ging. Von dort aus konnte er den Rolls Royce im Blick behalten, ohne selbst gesehen zu werden. Als Rona mit dem Maskierten in der Dunkelheit verschwand, überlegte O'Donovan, ob er ihnen folgen sollte. Er entschied sich dagegen und wartete. Er sah Rona mit dem Kind zurückkommen. Er wartete ab, bis der Rolls Royce die Ausfahrt des Parkplatzes erreicht hatte, eilte zu dem Sportwagen und startete. Wenig später hatte er den Rolls fast eingeholt. Er hielt sich etwa hundert Meter hinter ihm. Nach etwa einem Kilometer sah er eine Limousine aus einem Seitenweg in die Hauptstraße einbiegen. O'Donovan fuhr vorbei. Die starken Scheinwerfer des Sportwagens beleuchteten einen Moment den Mann am Steuer der Limousine. Der Detektiv sah den tief ins Gesicht gezogenen Hut, den Schal vor der Mundpartie. Das muss der Kerl sein!, durchzuckte es ihn. Er fuhr zügig weiter und beobachtete im Rückspiegel, dass auch die Limousine auf der Hauptstraße blieb.

Nach einiger Zeit verlangsamte O'Donovan die Fahrt und ließ die Limousine überholen. Überwachte der Maskierte Rona aus irgendeinem Grund?

O'Donovan schaltete seine Scheinwerfer aus und beschloss, ihm zu folgen. Sie fuhren die Putney High Street hinunter und bogen ab, um die Brücke zu überqueren.

Als der Wagen des Gangsters durchfuhr, wechselte die Ampel auf Rot. O'Donovan musste stoppen und zusehen, wie die Limousine über die Brücke fuhr und am anderen Ufer in einer Straße verschwand.

Die Ampel zeigte grünes Licht, und O'Donovan fuhr weiter. Aber er wusste nicht, ob die Limousine den Weg rechts nach Chelsea eingeschlagen hatte oder geradeaus über die Fulham Road weiterfuhr. Er musste sich schnell entscheiden. Er kurvte nach rechts und drückte den Fuß fest aufs Gaspedal. Wenn der Maskierte in dieser Richtung weitergefahren war, bestand noch die Chance, ihn mit höchster Geschwindigkeit einzuholen.

Etwa zwei Kilometer weiter sichtete O'Donovan eine Limousine. Es sah so aus, als ob es derselbe Wagen sei, doch der Sergeant war nicht sicher, ob seine Annahme stimmte.

Von dem großen Rolls Royce Sir Cedric Kelfords war nichts zu sehen. Vermutlich war Rona Houston über die Fulham Road gefahren. O'Donovan fiel ein, dass er eigentlich, seinen Anweisungen entsprechend, Rona hätte folgen müssen. Aber das Jagdfieber hatte ihn gepackt. Vielleicht irre ich mich, dachte er, aber dann muss ich es eben verantworten.

Der Wagen vor ihm musste an der Ampel in der King's Road anhalten. O'Donovan fuhr dicht auf, in der

Hoffnung, einen Blick auf den Fahrer werfen zu können, um sich zu vergewissern.

Der Mann am Steuer benutzte die Pause, um den Schal von seinem Gesicht zu ziehen und sich eine Zigarette anzuzünden.

O'Donovan erkannte ihn sofort. Der Mann war ein der Polizei bekannter Taschendieb: »Finger« Phillips.

Das Licht der Ampel wechselte. Die Limousine fuhr weiter. O'Donovan folgte ihr in einigem Abstand. Er wunderte sich, dass »Finger« Phillips sich jetzt in so große Verbrechen wie Kindesentführung einließ. Interessant, dachte O'Donovan. Aber den Jungen werden wir uns mal kaufen. Und ich fresse einen Besen, wenn er nicht »singt«. Denn dass Phillips selbst das Haupt der Entführungsbande sei, schien O'Donovan ausgeschlossen zu sein. »Finger« Phillips war höchstens ein Handlanger, mehr nicht.

Trotz allem, was geschehen war, schien Susan ganz normal zu sein. Sie wirkte nicht verschreckt oder verschüchtert, sondern eher glücklich. Offenbar hatte das Kind in all den Tagen nicht begriffen, was vorgegangen war.

Rona sprach während der Fahrt ab und zu mit Susan, aber sie stellte ihr keine Fragen. In der Fulham Road entdeckte sie eine Telefonzelle, hielt an, fragte Susan, ob sie mit ihrem Vater sprechen wolle, und zog das Kind mit sich in die Zelle.

Sir Cedric war überglücklich. »Ich kann Ihnen nicht sagen, Rona, was ich empfinde!«, sagte er, nachdem die Kleine mit ihm gesprochen und Rona den Hörer übernommen hatte. »Bitte, kommen Sie sofort her!«

»Sofort«, versprach Rona.

»Aber würden Sie mir einen Gefallen tun, Sir Cedric?«

»Was immer Sie wollen!«

»Dann rufen Sie bitte meinen Vater an und erzählen Sie ihm, was geschehen ist. Wahrscheinlich erreichen Sie ihn noch in Scotland Yard. Er erwähnte, dass er heute lange arbeiten müsse.«

»Aber ja, selbstverständlich, Rona.«

Was wird Vater zu Sir Cedric sagen?, überlegte Rona, als sie durch Knightsbridge fuhr. Sie drosselte das Tempo, denn sie bemerkte, dass sich Susans Augen schlossen und das Kind in Schlaf fiel.

Im selben Augenblick, in dem sie vor dem Haus am Eaton Square hielt, wurde die Haustür aufgerissen, und Sir Cedric Kelford kam die Stufen der Freitreppe herunter gestürmt.

Rona öffnete die Tür, schaltete das Deckenlicht ein und legte den Finger auf die Lippen. »Sie schläft, Sir Cedric...«

»Tragen Sie sie ins Bett«, flüsterte sie weiter. »Aber wecken Sie sie nicht auf. Das ist bestimmt das Beste. Wenn sie morgen früh in ihrem eigenen Bett erwacht, wird sie gar nicht wissen, was geschehen ist. Falls sie sich noch daran erinnert, wird sie denken, sie habe geträumt.«

Kelford nickte und nahm das schlafende Kind in seine Arme. Sie folgte ihm ins Haus, ging mit ihm ins Kinderzimmer und half ihm, Susan ins Bett zu stecken. Auf Zehenspitzen verließen sie den Raum.

Auf dem Weg zum Wohnzimmer presste Kelford mehrmals ihren Arm. »Ich weiß nicht, wie ich Ihnen danken soll, Rona«, sagte er stockend, als er die Zimmertür hinter sich geschlossen hatte. Er schluckte. »Kommen Sie, Rona!« Er führte sie zu dem Schaukelstuhl am Kamin, drückte sie hinein und streichelte sanft ihr Haar. Sie ließ es geschehen. Sie musste ihre Rührung niederkämpfen.

Plötzlich blickte sie auf. »Und jetzt einen Drink, Sir Cedric«, sagte sie, unter Tränen lächelnd. »Den könnte ich brauchen.«

Und zum ersten Mal seit langer Zeit lächelte Sir Cedric Kelford. »Verzeihen Sie, aber daran hätte ich denken müssen!« Er sah ihr in die Augen, und in seinem Blick war etwas, das Rona erröten ließ. Sie senkte den Kopf. Er streifte leicht ihren Arm, als er an ihr vorbei zur Hausbar ging. Sie hörten ein Auto vorfahren.

Eine Minute später stand Mike Houston im Zimmer. Er lief auf seine Tochter zu. »Ist alles in Ordnung, Rona?«, fragte er besorgt.

Sie nickte, und er umarmte sie. Kelford drückte Houston die Hand. »Wenn Rona mir nicht geholfen hätte, ich weiß nicht, was passiert wäre, Inspektor!« Er sah Houston an und wandte sich dann an Rona. »Ich hoffe, es ist Ihnen recht, wenn wir jetzt einen Champagner trinken! Wenn das kein Anlass zum Feiern ist...«

Während Kelford nach dem Butler klingelte, fragte Houston: »Hast du bemerkt, ob dir jemand gefolgt ist, Rona?«

Rona runzelte die Stirn und versuchte sich zu erinnern. »Ich wüsste nicht, Vater«, sagte sie schließlich. »Warum?«

»Sergeant O'Donovan ist beauftragt, dich zu bewachen. Seit Tagen schon. Wir mussten damit rechnen, dass mit dir irgendwas passieren würde.«

»Warte mal«, sagte Rona schnell. »Da draußen bei der Windmühle fiel mir ein cremefarbener Sportwagen auf. Und ich meine, ich hätte ihn auf der Rückfahrt im Spiegel wiedergesehen. Aber ich kann mich auch irren. Es kann ein Zufall gewesen sein. Solche Autos gibt's ja eine Menge.«

Houston zuckte die Schultern. »Kann sein«, knurrte er. »Aber ich hoffe, es war O'Donovan. Vielleicht hat er etwas herausgekriegt. Aber jetzt erzähle mal.«

Der Butler erschien mit dem Champagner, und sie stießen mit Sir Cedric auf die Rettung seiner Tochter an.

»Aber jetzt muss ich los, zurück zum Yard«, sagte Houston nach einem Blick auf die Uhr. »Kommst du mit, Rona? Ich fahre dann anschließend gleich nach Hause.«

Kelford schüttelte lächelnd den Kopf. »Lieber Inspektor, ich hoffe, Sie gestatten mir, dass ich Rona nach Hause bringe.«

Houston machte mit der Hand eine Geste des Einverständnisses. Kelford füllte noch einmal die Gläser. »Von jetzt an gehört Rona für mich zu meiner Familie«, sagte Kelford stockend und reichte ihr das Glas hinüber.

Mike Houston trank aus und erhob sich. »Ich werde Superintendent Elder berichten, dass Ihre Tochter wohlbehalten wieder daheim ist«, erklärte er in sachlichem Ton.

Kelford begleitete ihn hinaus.

Bei Scotland Yard lag keine Nachricht von O'Donovan vor. Houston rief Superintendent Elder zu Hause an und erstattete ihm Bericht über die Ereignisse des Abends. Er hatte kaum den Hörer aufgelegt, als das Telefon schon wieder klingelte und der Wachhabende in der Halle ihm die Ankunft von Bob Harridge meldete.

»Schicken Sie ihn rauf!«

Houston begrüßte Harridge erstaunt. »Hallo, Bob, mitten in der Nacht?«

Bob Harridge war ziemlich nervös. »Ich habe telefonisch versucht, Sie zu Hause zu erreichen, kurz nachdem sich Rona verabschiedet hatte. Sie wissen ja sicher, dass wir heute Abend miteinander essen waren, bei Danilo«, fügte er erklärend hinzu. »Aber es meldete sich leider niemand. Daraufhin habe ich hier angerufen, und man sagte mir, dass Sie noch einmal herkämen. Entschuldigen Sie, wenn ich so hereinplatze.«

Houston sah ihn interessiert an. »Etwas Wichtiges?«

Bob Harridge hob die Hände und ließ sie wieder fallen. »Ich weiß nicht, ob es wichtig ist. Aber es könnte sein. Wissen Sie, ich habe mir Sorgen um Rona gemacht. Ich wusste nicht genau, woran ich mit ihr war. Sie wirkte so anders als sonst. Kaum dass wir mit dem Essen fertig waren, ging sie. Und ich dachte ich rufe Sie mal an und frage Sie, wie es ihr geht. Ja, und da bin ich nun...«

Houston lächelte über Bobs Eifer. »Es ist alles in Ordnung, Bob. Vor zwanzig Minuten habe ich sie noch gesehen.«

Harridge wirkte erleichtert. »Mir fällt ein Stein vom Herzen, Inspektor. Sie schien mir heute Abend nicht sehr glücklich zu sein. Ich habe mich sogar schon gefragt, ob sie«, er stockte. »...ob sie irgendetwas über Dennis erfahren hat...«

»Wie meinen Sie das?«, fragte Houston scharf.

Harridge verzog das Gesicht und wiegte den Kopf. »Ich weiß nicht, Sir, es war nur so ein Eindruck. Ich kann mich irren. Sie wissen, ich mag Rona sehr gern. Es würde mir leid tun, wenn sie in irgendetwas Unangenehmes verwickelt wäre oder etwas sie bedrücken sollte.«

»Ich bin sicher, Sie würde Ihre Anteilnahme zu würdigen wissen«, erwiderte Houston trocken.

»Ich weiß, wir haben uns nicht mehr oft gesehen, seit sie zur Bühne gegangen ist und dieser Carl Knight auf der Bildfläche erschien«, fuhr Harridge stirnrunzelnd fort. »Aber das lag nicht an mir, und ich sagte schon, ich mag sie sehr gern...«

»Ich weiß, Bob.«

Houston wurde vom Klingeln des Telefons unterbrochen.

»Hier Sergeant O'Donovan, Sir. Ich spreche aus einer Telefonzelle in der Whitechapel Road. Wie geht es Miss Houston? Ist sie wohlbehalten zurück gekommen?«

»Alles in Ordnung«, versicherte Houston. »Und was ist mit Ihnen?«

Schnell beschrieb ihm O'Donovan, wie er die Limousine verfolgt hatte. »Sie erinnern sich doch an »Finger« Phillips, Inspektor? Ich habe ihn bis zu einem kleinen Tabakladen in der Malabar Street hier in Whitechapel beschattet. Er hat seinen Wagen vor dem Seiteneingang geparkt, das Licht ausgeschaltet und den Wagen abgeschlossen. Es sieht ganz so aus, als ob er in dem Haus über Nacht bliebe. Vielleicht wohnt er da. Den Koffer mit dem Geld muss er mit hineingenommen haben. Im Wagen ist er jedenfalls nicht mehr.«

Houston griff nach einem Notizblock. »Wiederholen Sie die Adresse!«

Er schrieb sie auf. »Gehen Sie so schnell wie möglich dorthin zurück!« Seine Stimme hatte plötzlich einen Unterton vor Erregung.

Er legte den Hörer auf die Gabel. »Tut mir leid, Bob, aber ich habe noch zu tun. Machen Sie sich keine Sorgen um Rona. Wir passen schon auf sie auf.«

Er wartete, bis Harridge den Raum verlassen hatte, griff zum Haustelefon und alarmierte die »Fliegende Schwadron« von Scotland Yard.

Zehn Minuten später brausten die Polizeiwagen durch die verlassenen Straßen von Whitechapel. Der Fahrer des Wagens, in dem Houston saß, kannte die Malabar Street. Houston wies ihn an, auf einem eingeebneten Trümmergrundstück nahe dem von O'Donovan angegebenen Haus zu parken. Andere Fahrzeuge riegelten die Straße ab. Der Fahrer blieb im Wagen zurück, zwei Mann begleiteten Houston. Sie fanden O'Donovan in einer Toreinfahrt fast genau gegenüber dem Tabakgeschäft.

»Im Hintergrund des Ladens ist Licht«, flüsterte er Houston zu. »Und weiter oben, die Treppe hinauf, auch.«

Houston wartete einige Minuten, bis die Polizisten, die die Rückseite des Hauses bewachen sollten, ihre Posten erreicht haben mussten. Dann überschritt er mit O'Donovan die Straße.

Im Vorübergehen deutete O'Donovan auf die Limousine, die vor dem Seiteneingang stand. Durch die Seitentür gelangte man offenbar zu den Wohnungen.

Houston suchte vergeblich nach einer Klingel und klopfte hart an die Tür. Nichts rührte sich. Er klopfte noch einmal, und eine Sekunde später hörten sie schwere Schritte. Die Tür wurde geöffnet, und ein Mann in Hemdsärmeln stand vor ihnen. Er schien etwa fünfzig Jahre alt zu sein.

»Was ist denn?«, fragte er grob. Seine Stimme war tief. »Wissen Sie nicht, dass der Laden um diese nachtschlafende Zeit zu ist?«

Houston sah ihn einen Moment an. Dann sagte er: »George Waters, sieh mal an! Sie erinnern sich doch an mich, Waters oder? Sie wissen doch noch... der schiefgegangene Bankeinbruch damals in Holborn...«

Der andere wich einen Schritt zurück.

»Sie können mir nichts anhängen«, stammelte er. »Ich bin sauber, Inspektor, absolut sauber, seit Jahren! Ich habe meinen kleinen Laden hier, und sonst...«

»Schon gut, schon gut«, unterbrach ihn Houston. »Gegen Sie haben wir gar nichts. Aber wir hätten ein Wörtchen mit »Finger« Phillips zu reden. Wenn Sie nicht zufällig in der Geschichte mit drin hängen...«

Waters sah ihn ängstlich an. »Ich weiß nicht, worum es geht, Inspektor. Ich habe ihm nur ein Zimmer vermietet. Das ist doch nicht verboten, nicht wahr? Ich weiß nichts über ihn, nicht das Geringste.«

»Umso besser für Sie, Waters. Wo ist er?«

Waters führte sie zum Fuß der Treppe und deutete auf eine Tür im ersten Stock. Houston nickte O'Donovan zu, ihn zu begleiten.

»Und keine faulen Tricks, Waters«, sagte er leise über die Schulter. »Wir haben das Haus umstellt.«

Leise liefen er und O'Donovan die Treppe hinauf. Houston klopfte an die Zimmertür. Von drinnen hörten sie das Geräusch einer Schranktür, die zugeworfen wurde.

»Machen Sie auf, Phillips!«, rief Houston laut.

»Es ist nicht abgeschlossen«, sagte der Mann im Zimmer.

Houston drehte den Türknopf und trat ein, dicht gefolgt von O'Donovan. Kaum hatten sie das Zimmer betreten, da sprang hinter der Tür ein Mann hervor und versuchte zu entkommen. Mit einem Hechtsprung warf sich O'Donovan auf ihn. Nach kurzem Kampf war »Finger« Phillips überwältigt.

»Bisschen außer Kondition, was, Finger?«, grinste O'Donovan und warf ihn in einen Sessel. »Und wenn Sie sich jetzt noch vom Fleck rühren, Freundchen, dann können Sie was erleben!«

Houston sah sich in dem schäbig möblierten Raum um. Es gab nur einen Platz, wo Phillips den Koffer versteckt haben konnte, falls er ihn mit aufs Zimmer genommen hatte im Schrank.

»Wo ist der Schlüssel?«, fragte Houston.

Widerwillig fingerte Phillips in der Westentasche und warf Houston einen Schlüssel zu. Der Koffer lag unter einem Haufen alter Kleider und schmutziger Wäsche auf dem Schrankboden. Houston öffnete ihn, warf schnell einen Blick hinein und schloss ihn wieder.

»Möchten Sie vielleicht etwas dazu sagen?«, fragte er, indem er sich Phillips zuwandte.

»Ich weiß nicht, was drin ist«, antwortete Phillips mürrisch mit schleppender Stimme. »Ich habe ihn nur für jemanden abgeholt.«

»Das reine Lämmchen«, sagte Sergeant O'Donovan. »Aber Sie lügen, Mann! Ich habe selbst gesehen, dass Sie das Kelford-Kind übergeben haben.«

»Wir wissen mehr, als Sie glauben, Phillips«, sagte Houston ruhig. »Ich schlage vor, Sie packen aus. Oder es könnte Ihnen für eine ziemlich lange Zeit verdammt schlecht gehen.«

In Phillips' Gesicht zuckte es. »Ich habe nur getan, was man mir gesagt hat«, versicherte er, heftig gestikulierend.

Houston ließ nicht locker. »Wohin sollen Sie den Koffer bringen? Überlegen Sie sich die Antwort gut. Versuchen Sie nicht, uns reinzulegen!«

Phillips schüttelte den Kopf. »Nirgendwohin. Wirklich nicht. Er will ihn abholen.«

»Wann?«

»Vielleicht in ein, zwei Tagen, vielleicht später. Was weiß ich?«

»Und wer ist *er*?«, fragte Houston.

Ehe Phillips antworten konnte, hörten sie von draußen schnelle Schritte, die sich der Rückseite des Hauses näherten. Unten wurde eine Tür aufgestoßen. Houston lief aus dem Zimmer und beugte sich über das Treppengeländer. Der Mann, der bereits einen Fuß auf die erste Treppenstufe gesetzt hatte, blickte zu ihm empor. Überrascht. Verwirrt. Ihre Blicke trafen sich. Schweigend sahen sie sich ein paar Sekunden lang an.

Ruhig sagte Houston: »Nanu? Sie in dieser Gegend?! Suchen Sie etwas?«

10

Bewegungslos starrte Carl Knight die Treppe hinauf. Mike Houston sah ruhig auf ihn hinunter. »Was machen Sie hier?«, wiederholte er.

Der Schriftsteller gab keine Antwort. Langsam ging Houston die Treppe hinunter auf ihn zu. Knight zog den Fuß, den er auf die erste Treppenstufe gesetzt hatte, wieder zurück.

»Ich wusste nicht, dass Sie sich in diesem Teil der Welt auskennen, Mr. Knight«, fuhr Houston fort. »Was haben Sie hier vor?«

Er stand jetzt dicht vor ihm. Plötzlich glitt ein ironisches Lächeln über Knights Gesicht. »Ich hätte erwartet, dass Sie von selbst darauf kämen, Inspektor. Schließlich bin ich ein Autor. Ich studiere hier das Lokalkolorit. Ich brauche einen interessanten Schauplatz für mein nächstes Stück, und dieses Viertel, das werden Sie zugeben, ist sehr gut dazu geeignet, den Hintergrund für dramatische Verwicklungen zu bilden.«

Houston sah ihn zweifelnd an. Obwohl Knight angestrengt ein Grinsen produzierte, das Heiterkeit und Unbefangenheit demonstrieren sollte, war der Autor blass geworden.

»Aber wieso kommen Sie gerade in dieses Haus?«, bohrte Houston weiter.

Knight schlug einen Moment lang den Blick nieder. »Vielleicht sollte ich das nicht sagen, Inspektor. Ich möchte Walters keine Ungelegenheiten bereiten. Immerhin ist sein Laden offiziell seit fünf Stunden geschlossen.«

»Worauf wollen Sie hinaus?«, fragte Houston ungeduldig.

»Na ja«, druckste Knight, »George Walters verkauft mir hin und wieder ein paar Päckchen Zigaretten, da an der Seitentür, wenn sein Geschäft schon längst zu ist. Ich weiß, das ist ungesetzlich. Aber ich hoffe, Sie drehen ihm daraus keinen Strick. Er hält sich ja an die Ladenschlusszeit. Bei mir macht er ab und zu mal eine Ausnahme. Ein Kettenraucher wie ich ist eben ein besonders guter Kunde für ihn, das liegt doch auf der Hand. Drücken Sie ausnahmsweise mal ein Auge zu, Inspektor!«

Im Gegenteil, dachte Houston, jetzt werde ich die Augen erst recht offenhalten! »Haben Sie Walters schon gesehen, Knight?«

»Nein, er scheint nicht da zu sein.«

»Bleiben Sie hier stehen«, befahl Houston. Er ging die Treppe bis zur halben Höhe wieder hinauf. »Bringen Sie den Mann herunter, O'Donovan«, rief er.

Oben wurde die Tür geöffnet. Sergeant O'Donovan schob »Finger« Phillips vor sich her. Vorsichtshalber hatte ihm der Detektiv Handschellen angelegt, und Houston beobachtete, dass Knight dies sofort merkte.

Als O'Donovan und Phillips das untere Ende der Treppe erreichten, schien »Finger« den Schriftsteller zu erkennen. Knight sah ihn ruhig an. Keiner von beiden sagte ein Wort.

Knight blickte dem Gefangenen nach, während O'Donovan ihn hinausführte. Ein anderer Beamter kam herein, lief in das Zimmer hinauf und kam mit dem Geldkoffer zurück, den Phillips im Schrank hatte verbergen wollen.

Houston hatte die ganze Zeit über geschwiegen. »Nun, ist Ihnen das dramatisch genug, Mister Knight?«, fragte er endlich. »Oder möchten Sie vielleicht noch mehr geboten kriegen?«

Knight ging nicht auf seinen Ton ein. »Ist hier eine

Polizeirazzia im Gang oder so was Ähnliches?«, erkundigte er sich.

»Kennen Sie den Mann, der vorhin vorbei geführt wurde?«, wollte Houston wissen, ohne seine Frage zu beantworten.

Der Autor schüttelte den Kopf. »Den habe ich in meinem ganzen Leben noch nie gesehen. Warum war er gefesselt?«

Der Inspektor sah ihn scharf an. »Er ist in die Entführung von Sir Cedric Kelfords Tochter verwickelt.«

»Oh Gott!«

Knight schien sehr erstaunt zu sein. »Ja, diese Affäre. Die hatte ich schon fast vergessen...«

»Scotland Yard dagegen hat ein recht gutes Gedächtnis«, erwiderte Houston. »Ich hoffe, Sie haben die Wahrheit gesagt, als Sie behaupteten, dass Sie den Mann nicht kennen.«

Protestierend hob Knight die Hand. »Wie kommen Sie dazu, Inspektor...«

Er unterbrach sich. Die Tür vom Hausflur zum Laden hatte sich geöffnet, und der vierschrötige George Walters, immer noch hemdsärmelig, stand auf der Schwelle.

»Ich habe mit all dem nichts zu tun, Inspektor«, stieß er heiser hervor. »Wirklich nicht. »Finger« Phillips bat mich, ihm ein Zimmer zu vermieten. Das ist alles, was ich weiß.«

Sein Gesicht war grau vor Angst.

»Und Sie kennen nicht zufällig diesen Gentleman hier?«, fragte Houston, indem er auf Knight deutete.

Walters' Augen verengten sich. Knight öffnete den Mund, um etwas zu sagen, aber der Ladenbesitzer kam ihm zuvor. »Ich habe ihn noch nie gesehen, Inspektor. Ist er ein Kumpel von Phillips?«

»Das wird sich noch herausstellen«, brummte Houston.

Carl Knight redete gestikulierend auf Walters ein. »Aber natürlich kennen Sie mich! Sie haben mir doch Zigaretten verkauft, seit vielen Wochen schon.«

Hartnäckig schüttelte Walters den Kopf. »Ich kann mich nicht daran erinnern«, beharrte er.

Houston fasste ihn am Arm. »Am besten kommen Sie mit zur Polizeiwache. Da werden wir schon herausfinden, an wie viel Sie sich erinnern«, sagte er energisch. Dann wandte er sich zu Knight. »Und Sie erwarte ich morgen Vormittag in Scotland Yard. Bis dahin sehen wir hoffentlich etwas klarer.«

Er schob den protestierenden Walters zur Tür hinaus und ließ Knight stehen.

Als Houston am nächsten Morgen auf der Polizeistation eintrat, empfing ihn der diensthabende Sergeant mit sorgenvoller Miene.

»Was Unangenehmes?«, fragte Houston sofort.

Der Sergeant nickte. »Aus diesem Phillips werden Sie nichts mehr herausbekommen, Inspektor. Er ist tot.«

»Wie zum Teufel...?«, begann Houston grimmig.

»Er hatte eine Giftkapsel bei sich, und die...«

»Aber er ist doch durchsucht worden!«

Ratlos hob der Sergeant die Hände. »Er muss sie im Mund versteckt gehabt haben.«

Houston stieß ein Schimpfwort aus und ging ungeduldig in dem Wachzimmer auf und ab. »Ausgerechnet jetzt, da wir uns der Lösung so nahe glaubten, muss das passieren!«, fauchte er. Dann versank er in Schweigen.

Der Sergeant wagte lange Zeit nicht, den wütenden Inspektor anzusprechen. »Tut mir leid, Inspektor«, sagte er schließlich leise. »Glauben Sie, dass es nützlich ist, wenn Sie mit Walters reden?«

Houston nickte, und der Sergeant verschwand, um Walters vorzuführen. Bis er mit dem festgenommenen zurückkehrte, trommelte Houston mit den Fingern der rechten Hand auf die Tischplatte.

»Setzen Sie sich hin, Walters, und sagen Sie die Wahrheit – das rate ich Ihnen!«

Das Verhör dauerte über eine halbe Stunde, ohne dass Houston dem Händler eine brauchbare Information entlocken konnte.

Walters blieb dabei, Carl Knight bis zur vorhergegangenen Nacht noch nie gesehen zu haben.

Enttäuscht kehrte der Inspektor nach Scotland Yard zurück. Superintendent Elder hatte sich bereits über die letzten Ereignisse unterrichten lassen.

»Gott sei Dank, dass wenigstens das Kind wieder da ist«, sagte er erleichtert. Doch als er weitersprach, verdüsterte sich sein Gesicht.

»Sieht leider nicht so aus, Houston, als ob wir all die Morde, die im Zusammenhang mit der Kelford-Affäre begangen worden sind, so bald klären würden. Oder haben Sie das Gefühl, dass wir der Lösung nahe sind?«

Houston atmete schwer. »Haben Sie von diesem Phillips etwas erfahren?«, fragte Elder.

Der Inspektor berichtete ihm über Phillips' Tod.

»Auch das noch«, knurrte Elder. »Er hat also Selbstmord begangen. Demnach muss er etwas mehr gewesen sein als nur ein Handlanger. Hätte er sonst Grund gehabt, sich das Leben zu nehmen?«

»Vergessen Sie nicht einen anderen Punkt«, wandte Houston ein. »Phillips könnte sehr verstört gewesen sein. Ich glaube, er hatte Angst, eine tödliche Angst. Vor dem Oberhaupt dieser Bande. Wir haben ihn mit dem Geldkoffer geschnappt. Aus der Sicht seines Auftraggebers betrachtet, hatte Phillips versagt. Und nun fürchtete er die Rache seines Bandenchefs, der sein Faustpfand, das

Kind, aus der Hand gegeben hat und nun auch kein Geld bekommt. Mit anderen Worten, der Haupttäter, der hinter der ganzen Sache steckt, hat alle Schuld umsonst auf sich geladen für nichts und wieder nichts. Seine Verbrechen haben sich nicht bezahlt gemacht. Phillips hatte also allen Grund, sich vor diesem Mann zu fürchten, von dem wir wissen, dass er vor nichts zurückschreckt. Ich glaube, deshalb hat er sich umgebracht.«

Elder stimmte ihm zu. »So könnte es gewesen sein. Obwohl ich nicht sehe, wie Phillips etwas hätte zustoßen können, solange er in Haft war. Aber es ist müßig, sich jetzt noch darüber den Kopf zu zerbrechen. Immerhin haben wir einen Trost.« Er kehrte zum Ausgangspunkt des Gesprächs zurück. »Das Kind ist wieder da.«

Houston stand auf. »Ja«, sagte er. »Aber die Morde! Nobbler Williams. Mein Sohn Dennis. Mary Latimer. Mrs. Spedro...«

»Sie haben recht, Houston, es ist noch eine Menge zu tun. Der Assistant Commissioner hat für heute Abend eine Konferenz angesetzt. Er will mit uns die letzten Entwicklungen dieser Affäre besprechen.«

»Ich werde pünktlich da sein«, erwiderte Houston und verließ mutlos das Zimmer.

Die abendliche Konferenz verlief anders, als Houston erwartet hatte. Den ganzen Tag über war er die Befürchtung nicht losgeworden, dass der stellvertretende Chef von Scotland Yard ihm und seinen Mitarbeitern die Hölle heiß machen werde.

Der Assistant Commissioner empfing sie jedoch freundlich. Er gratulierte Houston dazu, dass er und seine Männer dem Erpresser die zehntausend Pfund Lösegeld abgejagt hatten.

»Und nun, Houston, würde ich gern einmal erfahren, wer nach Ihrer Meinung hinter der ganzen Sache steckt. Sie haben sich doch eine Theorie gebildet, nicht wahr?«

Houston nickte. »Ich meine nur, es ist vielleicht noch etwas zu früh, jetzt schon darüber zu sprechen, Sir. Ich bin meiner Sache durchaus nicht sicher. Theorien sind schön und gut. Aber was Beweise betrifft – daran hapert es... Bitte, lassen Sie mir noch ein bisschen Zeit. Vielleicht werde ich Ihnen bald eine Verhaftung melden können.«

Superintendent Elder schaltete sich ein. »Meinen Sie nicht, Houston, dass es an der Zeit wäre, etwas gegen diesen Knight zu unternehmen? Wir«, er deutete auf den Assistant Commissioner und sich, »haben ihn im Verdacht, dass er Ihren Sohn und Mrs. Spedro ermordet hat.«

»Es ist nicht so leicht, ihm etwas nachzuweisen, Sir«, gab Houston zu bedenken. »Tatsächlich zweifle ich stark daran, dass er der Mörder von Mrs. Spedro ist. Ich habe entdeckt, dass sie eine Kleptomanin war. Sie hatte eine Menge gestohlener Sachen bei sich, als wir sie fanden. Sie stahl das Halstuch meiner Tochter, als sie Knights Wohnung besuchte. Sie trug dieses Halstuch bei ihrem Besuch in der Wohnung des geheimnisvollen Mister Arnold, der bis heute noch nicht aufgetaucht ist, und dort wurde sie mit diesem Schal von irgendjemandem erdrosselt.«

»Ist das nun Theorie – oder?«, fragte der Assistant Commissioner.

»Sehr viel mehr ist es noch nicht«, gab Houston zu.

Elder lenkte das Gespräch wieder auf den Schriftsteller zurück. »Knight könnte Mrs. Spedro gefolgt sein und sie in der Wohnung am Ainsworth Court umgebracht haben«, beharrte er.

»Ausgeschlossen ist das nicht«, räumte Houston ein.

»Es sieht mir ganz danach aus, als ob Knight dieser

geheimnisvolle Mister Arnold sei«, knurrte Elder. »Diesem Burschen traue ich nicht von hier bis da.« Er zeigte auf die Wand.

Der Assistant Commissioner klappte die Akten zu. »Also gut, Houston, machen Sie weiter. Aber ich möchte, dass Sie mit mir in Kontakt bleiben. Falls nötig, können Sie mich auch zu Hause anrufen.«

Von Big Ben, dem Uhrenturm des Parlamentsgebäudes, schlug es zehn, als Houston Scotland Yard verließ. Er entschloss sich, noch einen kurzen Spaziergang zu machen, um frische Luft zu schnappen.

Unter einer Laterne am Themseufer sah er einen Mann stehen. Er blickte über den Fluss, mit verschränkten Armen, eine Hand am Kinn. Er trug keinen Hut, der Wind hatte sein Haar zerzaust.

Als Houston näher kam, erkannte er Dr. Spedro. Der Arzt erwachte aus seiner Versunkenheit und sah Houston an. Er schien nicht im Geringsten überrascht, den Inspektor vor sich zu haben. »Hallo...«, sagte er mit belegter Stimme. »Was machen Sie denn hier, Doktor?«

Spedro zuckte die Schultern. »Ich glaube, genau weiß ich es selber nicht. Ich konnte zu keinem Entschluss kommen, wissen Sie. Ich überlegte, ob ich zu Ihnen in den Yard gehen sollte. Aber dann – was hat das alles für einen Sinn? Meine Frau ist tot und ich...«

Er brach ab. Alle Selbstsicherheit, die Houston früher an ihm gekannt hatte, war von ihm abgefallen. Dr. Spedro wirkte verzweifelt und verwirrt.

»Und was hätten Sie mir erzählt, wenn Sie zu mir in den Yard gekommen wären?«, erkundigte sich Houston.

»Es ist wegen der gelben Windmühle«, sagte Dr. Spedro leise.

Houston konnte im trüben Schein der Laterne Spedros Gesicht nicht deutlich sehen. Aber im Ton des

Arztes war etwas, das ihn aufhorchen ließ.

»Wollen wir hier sprechen?«, fragte Houston. »Oder sollten wir nicht doch besser nach Scotland Yard hinübergehen und dort ein Protokoll aufnehmen?«

Dr. Spedro zögerte einen Augenblick, ehe er antwortete: »Wenn Sie nichts dagegen haben, gehen wir in Ihr Büro, Inspektor.«

»Aber selbstverständlich.«

Schweigend gingen sie nebeneinander her, jeder mit seinen eigenen Gedanken beschäftigt.

In seinem Zimmer bot Houston dem Arzt eine Zigarette an und telefonierte nach einem Sergeant, der Spedros Aussage mitstenographieren sollte.

Der Beamte nahm in der Zimmerecke hinter Spedro Platz. Er nickte Houston zu, er sei bereit. »Also, Doktor?«

Spedro sog den Zigarettenrauch tief ein und stieß ihn wieder aus.

»Vor über zehn Jahren, als ich in dieses Land kam, ging es mir sehr schlecht«, begann er. »Mein Studium war teuer, leben musste ich auch, und ich verdiente nur ein paar Pfund, mit Hilfsarbeiten in einem Hospital. Mir blieb eigentlich gar nichts weiter übrig als Schulden zu machen, wenn ich mein Studium durchhalten wollte. Ich brauchte dringend 200 Pfund. Eine Bank hätte mir keinen Penny gegeben. Also ging ich zu einem Geldverleiher. Er machte mir sogar einen Vorschlag, wie ich Geld verdienen könne.«

Er zögerte. »Was er von mir verlangte, war gegen das Gesetz, aber...«

Er rauchte hastig.

»Sie nahmen seinen Vorschlag an?«, fragte Houston.

»Ja, das tat ich. Ich bekam die Adresse eines Landhauses in Hertfordshire. Ich fuhr hin und traf einen jungen Mann, der mich bat, ihm ein gewisses Rauschgift zu besorgen. Ich hatte Gelegenheit dazu in dem Krankenhaus, in dem ich arbeitete. Ich stahl das Rauschgift und so...«

»Ich verstehe«, drängte Houston. »Und weiter?«

»Jahre vergingen. Ich hatte mein Studium längst beendet, ließ mich in der Wimpole Street nieder, wurde ein angesehener Arzt. Meine Praxis florierte. Da tauchte eines Tages der junge Mann von damals bei mir auf. Er kam, um mich an unsere erste Begegnung zu erinnern...«

»Sie meinen, er erpresste Sie«, unterbrach ihn Houston.

Spedro nickte. »Erst verlangte er Geld. Dann, als er einsah, dass auch mein Vermögen nicht unbegrenzt ist, bediente er sich meiner auf andere Weise.«

Houston beugte sich vor. »Doktor – kennen wir diesen jungen Mann?«

Spedro sah ihm in die Augen. »Sein Name ist Carl Knight.«

Houston sprang auf. Er klammerte die Hände um die Rücklehne seines Schreibtischsessels. »Warum sind Sie damit nicht eher zu uns gekommen, Doktor?«

Dr. Spedro fuhr sich mit der Hand über die Stirn. »Verstehen Sie doch – mir ging es sehr gut. Solange Knight keine übertriebenen Forderungen stellte, schien es mir sinnvoller, ihm zu gehorchen.«

»Und dann begann er, Sie für andere Zwecke auszunutzen«, nahm Houston den Faden wieder auf.

»Ja, er lieh sich ziemlich oft meinen Wagen. Das beunruhigte mich, denn ich hatte keine Ahnung, wozu er ihn brauchte. Er hatte mein Auto auch in der Nacht, in der Nobbler Williams überfahren wurde...«

»Ich hatte doch gleich den Eindruck, dass Knight es war«, murmelte Houston. »Nur flüchtige Eindrücke haben keine Beweiskraft.«

»Nach einiger Zeit«, fuhr Spedro fort, »merkte meine Frau, dass mit mir irgendetwas nicht stimmte. Schließlich kam sie dahinter, dass ich von Knight erpresst wurde. Sie war eine sehr couragierte Frau, und sie ging sofort zu ihm, um ihn zur Rede zu stellen. Er erzählte ihr, er sei nur das Werkzeug eines anderen Mannes namens Arnold, der in Ainsworth Court wohne. Mit diesem Arnold müsse sie reden. Meine Frau ließ sich darauf ein. Aber als sie später zum Ainsworth Court fuhr, wartete dort Carl Knight auf sie.«

»Moment, Doktor«, fragte Houston dazwischen. »Sie meinen, dass Knight der geheimnisvolle Mister Arnold ist?«

Spedro lachte bitter. »Das meine ich nicht, Inspektor. Ich weiß es! Eines Nachts, als er wieder zu mir kam, hatte er viel getrunken. Und bei mir goss er noch ein paar Glas Whisky hinunter. Da prahlte er damit, wie er Sie hereingelegt habe. Es ging um eine Schreibmaschine, die er verkaufte und zurückkaufte, indem er sein Aussehen ein wenig veränderte und als Mister Arnold auftrat.«

»Also war dieser Arnold eine Erfindung«, grübelte Houston. »Carl Knight lässt sich was einfallen, das muss man schon sagen. Und in welchem Verhältnis stand er zu Ihrer Patientin Mary Latimer?«

»Er hatte was mit ihr, wie man so sagt. Sie war verrückt nach ihm. Aber schließlich wurde er Marys überdrüssig, und gleichzeitig war er sehr besorgt, weil sie eine Menge über ihn wusste... Sie merkte, dass er sich stark für Ihre Tochter interessierte, Inspektor, und das machte sie für ihn noch gefährlicher. Er befürchtete, dass sie in ihrer Eifersucht zu allem fähig sei. Er sah nur noch einen Ausweg: Er zwang mich, Mary in mein Pflegeheim zu stecken, unter irgendeinem Vorwand...«

»Ja«, erinnerte sich Spedro. »Aber sie entkam. Die Wirkung des Betäubungsmittels, das ich ihr gegeben hatte, ließ eher nach als erwartet. Und Mary brachte es fertig, zu entkommen. Sie fuhr zum Fernsehstudio, um Ihre Tochter Rona vor Knight zu warnen. Aber unglücklicherweise kam ihr Knight zuvor. Er ermordete Mary und verbarg ihre Leiche im Wagen Ihrer Tochter.«

Houston sah den Arzt prüfend an. Dr. Spedros Gesicht wirkte eingefallen. Aber seine Finger, die zu Beginn seiner Erzählung nervös mit der Zigarette gespielt hatten, lagen jetzt ruhig auf der Tischplatte. Offenbar bedeutete es für Spedro eine große Erleichterung, sich endlich alles von der Seele reden zu können.

»Was wissen Sie über die gelbe Windmühle, die Mary umklammert hielt, als wir sie fanden?«, setzte Houston das Gespräch fort.

»Die war aus meinem Sprechzimmer gestohlen«, erklärte Dr. Spedro. »Ich vermisste sie, nachdem Knight bei mir gewesen war, um mich zur Aufnahme Marys in das Pflegeheim zu zwingen.«

Houston runzelte die Stirn. »Aber als ich zu Ihnen kam, stand die Windmühle doch auf dem Wandsims!«

Dr. Spedro schüttelte den Kopf. »Was Sie gesehen haben, war ein anderes Exemplar, das dem ersten genau glich. Ich hatte die zweite Windmühle aus dem Zimmer meiner Frau geholt. Ich fürchtete, dass Carl Knight den Verdacht der Polizei auf mich lenken wollte und zu diesem Zweck die gelbe Windmühle gestohlen hatte. Deshalb traf ich sofort meine Vorkehrungen.«

»Sie sind sich doch darüber klar, dass Sie die Arbeit der Polizei erheblich gestört und erschwert haben, Doktor«, sagte Mike Houston nachdrücklich. »Aber ich will darauf nicht zurückkommen. Immerhin sind Sie freiwillig hier erschienen, um uns alles zu sagen, was Sie wissen. Und das ist für uns eine große Hilfe.«

Spedro deutete im Sitzen eine Verbeugung an. »Ich danke Ihnen, Inspektor, aber in irgendeinem Winkel Ihres Herzens werden Sie mich vielleicht ein bisschen verstehen. Ich stand unter Druck, ich war lange Zeit ratlos. Knight hatte mich in der Hand, er konnte meine Existenz vernichten. Was hätte ich denn tun sollen? Aber jetzt, seit dem Tod meiner Frau, ist mir alles gleichgültig...«

»Okay«, sagte Houston. »Und nun zur Entführung der kleinen Susan Kelford. Was wissen Sie darüber? Glauben Sie, dass Knight auch dafür verantwortlich ist?«

Dr. Spedro zündete sich eine neue Zigarette an. »Ich weiß nichts Näheres, aber ich bin ziemlich sicher, dass er der Täter war. Er hatte meinen Wagen an jenem Tage...«

Houston lehnte sich zurück. »Eigentlich bemerkenswert, dass ein so vielbeschäftigter junger Mann noch die Zeit gefunden hat, ein Stück zu schreiben und während der Fernsehproduktion umzuarbeiten«, stellte er trocken fest.

»Sie irren«, klärte ihn Dr. Spedro auf. »Das Stück ist gar nicht von ihm.«

»Was?«

»Nein, Inspektor. Mary Latimer hat es geschrieben, nicht Carl Knight.«

Houston stieß einen Pfiff aus. »Das ist doch...«

»Sie sehen, wie stark sie unter seinem Einfluss stand«, sagte Spedro. »Es gelang ihm, sie davon zu überzeugen, dass dieses Stück eine viel bessere Aufführungschance hätte, wenn es unter seinem Namen präsentiert würde. Damit verschaffte er sich eine neue Fassade – der vielbeschäftigte Autor. Er zog eine große Schau ab, wenn man ihn aufforderte, die eine oder andere Szene umzuschreiben. Dazu brauche er Ruhe und Einsamkeit, das könne er nur zu Hause machen. In Wirklichkeit war Mary Latimer diejenige, die die Arbeit tat. Er selbst hatte keinerlei Fähigkeit dazu. Ich habe das alles von Mary Latimer selbst erfahren.«

Dr. Spedro zupfte an seinen Manschetten. »Sie können es mir abnehmen, Inspektor dieser Carl Knight ist der Mann, den Sie suchen. Und ich muss Ihnen gestehen, mir tut es nicht leid, wenn er hinter Gitter wandert.«

Er zog sein Taschentuch heraus und tupfte sich die Stirn ab.

Houston stellte ihm eine Reihe von Fragen. Doch er konnte in Dr. Spedros Darstellung keine Lücke, keine schwache Stelle entdecken. Der Arzt wusste auf jede Zusatzfrage eine Antwort, die zu dem vorher Gesagten passte.

»Ich muss Sie bitten, sich zu unserer Verfügung zu halten, Doktor.«

Als Spedro ging, blieb Houston in dem Gefühl zurück, dass die Aufklärungsarbeit nun in das entscheidende Stadium getreten war.

Er griff nach dem Telefon und forderte einen Verhaftungsbefehl gegen Carl Knight an. Dann alarmierte er Sergeant O'Donovan. »Warten Sie vor dem Yard im Wagen auf mich.«

Auf dem Weg zu Carl Knights Wohnung in der Cromwell Road unterrichtete Houston den Sergeant in großen Zügen über die Aussage des Arztes. Sie hielten vor dem zuständigen Polizeirevier und nahmen zwei Beamte mit, die sich in dieser Gegend genau auskannten. Als sie am Ziel angelangt waren, postierte Houston sie auf der Rückseite des Hauses.

Das Haus lag im Dunkeln, und der Haupteingang war verschlossen. Houston klingelte zweimal. Nach einiger Zeit hörte er schlurfende Schritte. Die Portiersfrau öffnete. Sie hatte einen alten Mantel über ihr Nachthemd gestreift.

Houston zeigte seinen Ausweis. »Ist Mister Knight zu Hause?«

»Ich weiß nicht«, sagte sie verdrossen und führte ihn

zu Knights Wohnungstür.

»Hier ist es. Sehen Sie selbst nach!«

Sie verschwand.

Houston klopfte an die Tür, und wenige Augenblicke später wurde sie geöffnet.

Carl Knight war trotz der späten Stunde vollständig angezogen. Der Inspektor bemerkte sofort, dass über einem Stuhl in der Diele ein Regenmantel lag.

»Ein etwas später Besuch, Inspektor«, begann Knight. »Ich war gerade beim Packen.«

Er führte Houston und O'Donovan ins Wohnzimmer.

»Wollen Sie wegfahren?«, fragte Houston.

Es entging ihm nicht, dass Knight noch bleicher aussah als bei ihren letzten Begegnungen. »Ja, nur für ein paar Tage.«

»Nun«, sagte Houston, »Sie müssen uns schon gestatten, dass wir Ihnen erst noch ein paar Fragen stellen, ehe Sie verreisen...«

Knight lehnte sich gegen ein Regal und verschränkte die Arme. »Sie wirken so feierlich, Inspektor. Wollen Sie mir nicht erst einmal mitteilen, warum Sie zu so später Stunde...«

Houston stand zwischen Knight und der Tür.

»Ich hatte heute eine längere Unterhaltung mit Dr. Spedro, Knight. Eine sehr interessante Unterredung.«

Er richtete sich zu seiner vollen Größe auf.

»Das Ergebnis dieses Gesprächs sollen Sie sofort erfahren.«

Er schwieg einen Moment. Knight starrte ihn an. Aber er gab seine scheinbar gleichmütige Haltung nicht auf.

Houston sprach weiter. »Ich beschuldige Sie des Mordes an Mary Latimer und Margarita Spedro. Da sind noch einige weitere Beschuldigungen, die sich gegen Sie richten, aber darauf möchte ich im Augenblick nicht eingehen. Ich mache Sie darauf aufmerksam, dass alles, was Sie von jetzt an sagen, gegen Sie verwandt werden kann. Selbstverständlich können Sie den Beistand eines Anwalts in Anspruch nehmen.«

Nach dieser vorgeschriebenen Routinewarnung sagte er ruhig: »Ich meine, Sie nehmen jetzt besser Ihren Hut und Ihren Mantel, Mister Knight...«

Carl Knight löste sich von dem Regal und ging quer durch den großen Raum.

»Das ist ja wohl eine schlechte Posse!«, protestierte er. »Dieser Spedro muss verrückt sein. Den Verdacht habe ich schon lange. Der Kerl hat doch nicht alle Tassen im Schrank, Inspektor! Sagen Sie, ist Ihnen das noch nicht aufgefallen?«

»Im Gegenteil«, erwiderte Houston barsch. »Ich bin davon überzeugt, dass er die Wahrheit gesprochen hat. Und für diese Überzeugung habe ich meine Gründe. Also kommen Sie, Knight!«

Carl Knight machte mit der Hand eine wegwerfende Bewegung, als ob er andeuten wollte, dass außer ihm offenbar alle nicht recht bei Trost seien.

»Na schön.« Seine Stimme klang mürrisch. »Wenn Sie darauf bestehen... Aber Sie gestatten wohl, dass ich nochmal ins Schlafzimmer gehe. Ich brauche noch ein paar Sachen. Geben Sie mir fünf Minuten Zeit.«

»Zwei Minuten«, befahl Houston. »Die reichen. Und lassen Sie die Schlafzimmertür offen!«

Knight nickte und ging ins Schlafzimmer, das nach der Straße zu lag.

Houston beobachtete ihn durch die offene Tür. Er sah, dass Knight ein Brillenfutteral aufhob und dann an einen kleinen Tisch trat. Plötzlich hörte er ein Glas klirren. Knight führte die Hand zum Mund.

Houston stürzte ins Schlafzimmer. O'Donovan hinter ihm her. Bevor sie Knight erreichten, brach er zusammen.

»Er muss eine Giftkapsel geschluckt haben!«, schrie Houston. »Laufen Sie schnell runter, O'Donovan, und holen Sie die anderen, für den Fall, dass wir Knight zum Wagen tragen müssen. Vielleicht nützt es noch was, wenn ihm ein Arzt den Magen auspumpt!«

O'Donovan war bereits hinausgeeilt. Houston lief in die Diele und telefonierte nach einem Krankenwagen. Er legte den Hörer auf und hörte O'Donovan und die anderen die Treppe heraufkommen. Houston lief ins Schlafzimmer zurück. Er riss die Augen auf. Die Fenstervorhänge blähten sich im Wind. Der Raum war verlassen. Carl Knight war verschwunden.

11

»Verdammt!«, knurrte Inspektor Houston. »Hier hat er doch am Boden gelegen. Es sah doch aus, als ob er sich vergiftet hätte. Wenn wir bloß nicht auf einen Trick hereingefallen sind!«

Aber weit kann er nicht gekommen sein, beruhigte er sich. Schnell sah er sich in dem Raum um. Die Fenstervorhänge bauschten sich im Luftzug. Die Fenster mussten offen stehen. Houston erinnerte sich genau, dass sie vorher geschlossen gewesen waren. Er lief hin und zog die Vorhänge auseinander. Sie verdeckten eine Balkontür. Houston zog sie ganz auf und trat hinaus. Das erste, was er sah, war der Lichtkegel einer starken Taschenlampe. Der Strahl kam von unten, von einer Stelle vor dem Haus. Houston beugte sich über das Eisengeländer, und sein Blick folgte dem Lichtstrahl. Er war auf eine dunkle Gestalt gerichtet, die etwa fünfzehn Meter von ihm entfernt an der Mauer zu kleben schien, in zehn Meter Höhe über dem Erdboden.

Gut, dass wir das Haus umstellt haben, dachte Houston, die Leute unten sind auf dem Posten. Carl Knight war auf einen Steinsims geklettert, der sich zur Verzierung rings um das Gebäude zog. Erstaunlich, dass er in den wenigen Minuten auf seiner halsbrecherischen Flucht schon so weit gekommen war. Der Ziersims war nur etwa zehn Zentimeter breit. Knight schien zu jedem Risiko entschlossen zu sein. Wenn er hinabstürzte, konnte er sich das Genick brechen. Wahrscheinlich wollte er versuchen, durch eine der Nachbarwohnungen zu entkommen. Houston sah, dass die schattenhafte Gestalt sekundenlang wankte, er hörte einen halblauten Ausruf.

Dann hatte Knight sich wieder gefangen. Vermutlich krallte er seine Hände in den rauen Verputz, um Halt zu finden über der tödlichen Tiefe. Houston überlegte, ob er ihn durch Zuruf auffordern sollte, aufzugeben. Aber Knight würde erschrecken und stürzen. Doch er, Houston, wollte den Verbrecher lebend fangen, ihn verhören können, um das Geheimnis der gelben Windmühle restlos zu klären.

Er wartete und sah Sergeant O'Donovan aus der Haustür treten. »Beobachten Sie ihn!«, rief er ihm gedämpft zu.

Er rannte aus der Wohnung und klingelte an der Tür des Nachbarappartements. Es dauerte einige Minuten, bis ein verschlafener junger Mann erschien. Er starrte den Inspektor an.

»Polizei? Wieso...?«

Schnell erklärte ihm Houston, worum es sich handelte. »Draußen an der Mauer, vor meiner Wohnung? Meine Güte, Inspektor! Kommen Sie!«

Sie liefen den Korridor entlang, der junge Mann stieß eine Zimmertür auf. »Dort ist das Fenster.«

»Machen Sie kein Licht!«, befahl Houston.

Leise öffnete er das Fenster. Er streckte den Kopf hinaus. Blickte nach links. In die Richtung, in der Carl Knight, dicht neben dem Fenster, auf dem Sims stehen musste. Die Stelle war leer. Houston blickte hinunter. Der Strahl der Taschenlampe, der vorhin Carl Knight gefolgt war, richtete sich jetzt auf einen Busch im Vorgarten. O'Donovan und ein anderer Mann eilten auf das Gesträuch zu.

»Was ist los?«, rief Houston. »Das Mauerwerk hat unter ihm nachgegeben, Sir.«

»Ist er bewusstlos?«

»Wahrscheinlich. Bei einem Sturz aus dieser Höhe!«

»Ich komme sofort hinunter.« Zwei Minuten später

beugte sich Mike Houston über Carl Knight. Er sah in das verzerrte Gesicht. Blut quoll aus mehreren tiefen Kopfwunden und lief über die geschlossenen Augen.

Carl Knight würde nicht in der Lage sein, Fragen zu beantworten, mindestens für mehrere Stunden, wenn überhaupt. Er war immer noch ohne Bewusstsein, als der Krankenwagen eintraf. Der Polizeiarzt warf einen Blick auf die regungslose, verkrümmte Gestalt, sah Houston an und schüttelte den Kopf.

Der Inspektor gab ihm seine Telefonnummer und bat ihn, anzurufen, wenn Carl Knight aus seiner Bewusstlosigkeit erwachen sollte. Er kehrte mit Sergeant O'Donovan in Knights Wohnung zurück. »Wir müssen jeden Winkel durchsuchen, O'Donovan.«

Schweigend machten sie sich an die Arbeit, durchstöberten mit geübten Griffen Schränke und Schubladen, leerten Vasen aus, hoben jeden Gegenstand hoch, um nachzusehen, ob unter ihm etwas verborgen sei.

Houston sortierte einige Papiere aus, deren Inhalt in einem Zusammenhang mit Knights verbrecherischer Tätigkeit zu stehen schien, und steckte sie in seine Aktentasche. Er wollte sie später in Ruhe untersuchen.

Nach zwei Stunden beendeten sie die Durchsuchung. Sie ließen einen Wachtmeister in der Wohnung zurück, und O'Donovan fuhr Houston in einem Polizeiwagen nach Hause.

»Sieht ganz danach aus, als ob wir den Fall bald abschließen könnten«, meinte O'Donovan, als sie vor Houstons Haus vorfuhren. Mike Houston schüttelte zweifelnd den Kopf. »Da bin ich nicht so sicher, Sergeant. Es gibt noch eine ganze Menge ungeklärter Fragen. Und ob Knight sie alle beantworten könnte, selbst wenn er körperlich dazu in der Lage wäre – ich weiß es nicht...«

Gähnend stieg er aus. »Also, gute Nacht, Sergeant.«

Er nahm die Aktentasche mit den Papieren, die er bei Knight sichergestellt hatte, und ging ins Haus. Als er die Tür zum Wohnzimmer öffnete, blieb er überrascht stehen. Rona war nicht allein. Bob Harridge saß neben ihr und sprach auf sie ein. Sie hoben die Köpfe. Rona sah ihrem Vater sofort an, dass etwas Außergewöhnliches geschehen sein musste.

»Wieder was Neues?«, fragte sie gespannt.

Houston nickte. Er stellte die Aktentasche ab, ließ sich in einen Sessel fallen und erzählte in kurzen Zügen, was sich abgespielt hatte. Harridge schien sehr an seiner Erzählung interessiert zu sein.

»Na endlich«, sagte er, nachdem Houston seinen Bericht geschlossen hatte. »Ich nehme an, damit ist das Geheimnis der gelben Windmühle geklärt, Inspektor?«

»Ich fürchte nicht...«, sagte Houston. »Aber ich rechne damit, dass bald noch einiges geschieht, was uns der Lösung des Falles näherbringt.«

Bob runzelte die Stirn. »Das verstehe ich nicht, Inspektor.«

Auch Rona sah Houston erstaunt an.

Ehe er antworten konnte, klingelte das Telefon. Er ging hinaus in die Diele und hob ab.

»Knight ist wieder bei Bewusstsein«, meldete der Arzt. »Aber seine Verletzungen sind sehr schwer und...«

»Wird er durchkommen?«, fragte Houston schnell.

»Ich glaube nicht, Inspektor. Aber hören Sie – er hat vor wenigen Minuten...«

Der Arzt sprach weiter. Houston hörte mit steigendem Interesse zu.

Plötzlich hörte er hinter sich die Wohnzimmertür, wandte sich, den Hörer am Ohr, um und sah Bob Harridge in die Diele kommen, gefolgt von Rona.

»Moment mal, Doktor!« Houston legte die Hand über die Muschel.

»Ich wollte mich nur verabschieden, Inspektor«, sagte Bob Harridge. »Gute Nacht.« Er verließ die Wohnung.

Houston hob den Hörer. »Ja, Doktor – und weiter?«

Rona war neben ihm stehengeblieben. Er sah sie an, während er den letzten Worten des Arztes lauschte. Dann hängte er ein.

»Carl Knight will dich sehen, Rona.«

Ihre Augen weiteten sich. »Mich? Warum sollte er?«

»Der Arzt meint, vielleicht möchte er dir etwas anvertrauen. Genaues weiß der Doktor nicht. Er glaubt übrigens nicht, dass Knight diesen Tag noch überlebt.«

»Mein Gott!« Rona atmete schwer. »Ich hätte nie gedacht, dass Carl...«

Sie schwieg.

»Natürlich werde ich hinfahren«, sagte sie dann leise.

Houston legte die Hand auf ihren Arm.

»Ich komme mit, Rona. Zieh dir einen warmen Mantel an. Es ist kalt geworden.«

Den Kopf gesenkt, ging sie in ihr Zimmer. Houston kehrte in den Wohnraum zurück.

Als Rona nach einigen Minuten wieder in der Diele erschien, klingelte es an der Tür, und sie öffnete.

Bob Harridge stand vor ihr. »Tut mir leid, dass ich nochmal stören muss.« Er sprach atemlos. »Aber ich fürchte, ich habe die falsche Aktentasche mitgenommen.«

»Komm herein, Bob!«

Sie gingen ins Wohnzimmer. Mike Houston saß zurückgelehnt in seinem Sessel und trank ein Glas Whisky. Er stand auf und stellte das Glas ab. »Nanu, Bob?«

»Entschuldigen Sie, Sir. Aber eine kleine Verwechslung...«

Er hob die Aktentasche in seiner Hand. »Die Dinger ähneln einander aber auch!«

Er sah sich um. »Ah, dort steht ja meine!« Er nahm die Tasche, die an einem Sessel lehnte.

Houston und Rona begleiteten ihn hinaus.

»Und entschuldigen Sie bitte noch einmal. Sir«, verabschiedete sich Bob Harridge. »Ich hätte natürlich sofort merken müssen, dass ich die falsche Aktentasche erwischt hatte. Aber ich habe einfach nicht darauf geachtet.«

»Macht nichts«, versicherte Houston. »Solche Verwechslungen kommen eben vor.«

Wenige Minuten, nachdem Harridge sie verlassen hatte, brachen Houston und Rona zum Hospital auf. Houston steuerte Ronas kleinen Wagen schnell durch die nächtlich ruhigen Straßen. Nach kaum einer halben Stunde trafen sie im Krankenhaus ein.

Eine Schwester führte Rona zu Knights Zimmer. Houston blieb in einem Warteraum zurück. Er zündete sich eine Zigarette an und dachte nach.

Rona wirkte sehr erregt, als sie zurückkam. Houston nahm sie schweigend beim Arm und führte sie zum Auto. Er half ihr hinein, schloss die Tür, ging um den Wagen herum und stieg ein. Erst dann fragte er: »Warum hat er so gedrängt, dass du zu ihm kommen sollst?«

Rona griff nach seiner Hand, er fühlte, dass seine Tochter zitterte, und streichelte ihre Finger.

»Es war, weil...« Sie unterbrach sich und schluckte. »Er hat mir geschworen, dass er mit Dennis' Tod nichts zu tun hat, Vater. Ich glaube ihm. Warum hätte er lügen sollen, jetzt. Er weiß, dass er bald sterben wird. Die Morde an Nobbler Williams, Mary Latimer, Mrs. Spedro, die Entführung Susan Kelfords – das alles hat er zugegeben. Aber immer und immer wieder hat er mich angefleht, ihm zu glauben, dass nicht er es war, der Dennis umgebracht hat!«

Houstons Gesicht wurde hart. Er dachte an seinen

toten Sohn. Dennis. Im Sessel. Erschossen. Und in dem Holzrahmen dicht über dem Bildschirm des Fernsehgeräts: die Zeichnung einer gelben Windmühle.

Rona schwieg. Nur ihre Atemzüge waren zu hören.

»Warum hat er Nobbler Williams getötet?«, fragte Houston nach einer Pause.

»Carl hatte erfahren, dass du Williams einmal einen Gefallen getan hast. Ich weiß nicht, was es war.«

»Das stimmt«, unterbrach Houston sie. »Ich habe, was Nobbler betraf, einmal ein Auge zugedrückt, weil er uns helfen sollte, einen großen Fall zu klären. Das tat er auch und gab uns die Informationen, die wir brauchten. Dafür ließen wir ihn wegen einer kleinen Hehlerei ungeschoren, die wir ihm ohnehin kaum hätten nachweisen können.«

»Ja, Carl muss dahintergekommen sein«, fuhr Rona fort. »Er fürchtete, Nobbler würde dich wieder informieren. Er hatte Williams angeheuert als Fahrer des Wagens, der bei der Entführung Susan Kelfords benutzt wurde. Carl Knight hatte Nobbler Williams aber vorher nichts davon gesagt, dass es sich um eine Kindesentführung handelte. Damit jedoch wollte Williams nichts zu tun haben. Er machte Knight nach der Tat heftige Vorwürfe. Knight hatte also allen Grund, von Seiten Nobblers Enthüllungen zu fürchten.«

»Tatsächlich hat Nobbler Williams ja auch mit Scotland Yard Verbindung aufgenommen und uns in eine Kneipe nach Chatham bestellt, um uns dort zu informieren«, sagte Houston. »Aber was hat Knight über die gelbe Windmühle gesagt, Rona?«

»Er hatte sich vorgenommen, Susan Kelford zu entführen, um ihren Vater zur Zahlung eines Lösegelds zu erpressen. Da wurde ihm klar, dass er irgendetwas brauchte, das geeignet war, die Aufmerksamkeit des Kindes auf ihn zu ziehen und Susan für ihn einzunehmen. Am besten ein außergewöhnliches Spielzeug, dachte er. Ihm fiel die gelbe Windmühle in Dr. Spedros Sprechzimmer ein. Er besorgte sich ein Exemplar des gleichen Modells. Er beabsichtigte damit natürlich auch...«

»...den Verdacht auf Dr. Spedro zu lenken«, fiel Houston ein. »Er wusste: Falls es uns gelänge, den Wagen zu identifizieren, würden wir auf Dr. Spedro stoßen und ihm einen Besuch abstatten. Dabei musste uns die Windmühle im Sprechzimmer des Doktors auffallen, und sozusagen automatisch würde uns der Arzt verdächtig erscheinen.«

Rona nickte. »So hatte er es sich ausgedacht.«

»Er scheint überhaupt an alles gedacht zu haben«, knurrte Houston grimmig. »Und du meinst, dass er in Bezug auf Dennis die Wahrheit gesagt hat?«

»Ich glaube ihm wirklich, Vater. Warum hätte er mich belügen sollen? Vergiss nicht: Er hat darum gebeten, dass ich ihn im Krankenhaus besuche. Er hätte das sicher nicht getan, wenn...«

»Du hast recht«, sagte Houston. »Ich wollte nur noch einmal hören, ob du ganz sicher bist, dass er ehrlich gesprochen hat. Es gibt da noch etwas anderes, was mich veranlasst, seine Aussage für wahr zu halten.«

Rona fragte ihn nicht danach. Plötzlich merkte sie, dass er Richtung Eaton Square fuhr.

»Ich muss sofort Sir Cedric Kelford sprechen«, erklärte ihr Houston, als sie sich erstaunt erkundigte.

»Jetzt? Um diese Zeit?«

»Ja«, bekräftigte Houston seinen Entschluss. » Eine Stunde früher oder später das kann jetzt entscheidend sein.«

Der erste fahle Schein der Morgendämmerung zog über London herauf, als Houston den Klingelknopf an Kelfords Haus drückte.

Er brauchte nicht lange zu warten. Kelford wehrte die Entschuldigungen des Inspektors ab. »Ich bin ein Frühaufsteher. Morgens ganz zeitig habe ich die besten Gedanken und Einfälle.«

Er führte sie in ein kleines Esszimmer. »Darf ich Sie zum Frühstück einladen?«

»Einen Kaffee nehme ich gern«, sagte Houston. »Um etwas zu essen, wird die Zeit nicht reichen. Ich bin sehr in Eile, Sir Cedric. Aber ich habe noch ein paar wichtige Fragen, über die ich mit Ihnen sprechen möchte.«

Er öffnete seine Aktentasche, entnahm ihr einige Papiere und übergab sie dem Bankpräsidenten. Sir Cedric warf einen kurzen Blick darauf. Ein leiser Ausruf entfuhr ihm. Mit einem Ruck hob er den Kopf und sah Houston an.

»Wissen Sie, was das ist, Inspektor? Fotokopien der Pläne für ein neues Atomkraftwerk, das eine uns nahestehende private Industriegruppe errichten will. Wir wussten, dass Informationen über dieses Vorhaben zur Konkurrenz durchgesickert sind. Wir bemühen uns seit einiger Zeit, aufzuklären, wie es zu dieser Indiskretion kommen konnte.«

Houston hatte schnell einen Schluck Kaffee genommen. »Die Originalpapiere sind doch noch im Besitz der Bank?«

Sir Cedric nickte. »Natürlich. Dafür kann ich mich verbürgen.«

»Inwiefern war die Information über diese Pläne für Außenstehende wertvoll?«, erkundigte sich Houston.

Kelford schob seinen Teller beiseite und beugte sich vor. »Wir wurden argwöhnisch, als wir merkten, dass jemand an der Börse versuchte, große Aktienpakete unserer Gruppe aufzukaufen. Wir beobachteten das Manöver und kamen sehr schnell dahinter, dass es die Konkurrenz war, die auf diese Weise sozusagen ihren Fuß in die Tür unseres Unternehmens klemmen wollte. Die anderen mussten also wissen, was wir planten.«

Houston nickte. »Ich verstehe.« Sir Cedric zögerte einen Moment, ehe er fragte: »Können Sie mir verraten, von wem Sie diese Kopien haben?«

»Sie befanden sich im Besitz eines Ihrer ehemaligen Angestellten – Bob Harridge. Er war vor ein paar Stunden bei uns. Bei dieser Gelegenheit nahm er versehentlich meine Aktentasche mit und ließ die seine zurück. Der junge Mann kam mir nie so ganz stubenrein vor in letzter Zeit. Sein Interesse am Fortgang der Ermittlungen war mir ein wenig zu stark, um noch als normal zu gelten. Ich schöpfte Verdacht. Und deshalb nahm ich mir vorhin die Freiheit, seine Tasche zu untersuchen. Da fand ich diese Papiere. Nebenbei gesagt«, er lächelte, »ich könnte nicht beschwören, dass ich die Verwechslung der beiden Taschen nicht arrangiert habe...«

»Vater, du hast schon geahnt...«

Houston wehrte Ronas Versuch, ihn zu unterbrechen, ab, indem er schnell weitersprach: »Harridge wird inzwischen sicherlich den Verlust der Unterlagen entdeckt haben. Das ist der Grund dafür, Sir Cedric, dass ich Sie um diese ungewöhnliche Stunde besuche. Sie werden zugeben, wir haben keine Zeit zu verlieren.«

Rona blickte von einem zum anderen. »Nur was hat das alles mit Dennis' Tod zu tun?«

Ihr Vater zeigte auf die Fotokopien. »Ich bin sicher, dass Dennis wegen dieser Papiere ermordet wurde.«

Rona riss die Augen weit auf. »Du meinst, Bob Harridge hat ihn...«

Sie sah, dass ihr Vater stumm nickte.

Bestürzt stammelte sie: »Ich weiß nicht mehr, was ich denken soll. Erst Carl ein mehrfacher Mörder! Ein

Kidnapper! Und jetzt Bob – er war immer so nett zu mir, und ich habe geglaubt, er und Dennis seien befreundet. Ich...«

Sie brach ab und sprang auf. Schluchzend ging sie hinaus.

Sir Cedric eilte ihr nach, öffnete die Tür, zeigte hinaus und flüsterte Rona etwas zu.

»Ich habe ihr nur gesagt, sie soll sich ein bisschen hinlegen«, erklärte er, als er zum Tisch zurückkehrte. »Das alles muss sie schrecklich mitgenommen haben.«

Houston war aufgestanden. »Vielen Dank, Sir Cedric.« Er griff nach seiner Tasche. »Ich muss gehen. Es gibt noch viel zu tun.«

Kelford begleitete ihn zur Haustür. »Noch etwas, Inspektor«, sagte er halblaut. »Ich wollte es vorhin in Ronas Anwesenheit nicht erwähnen. Wir haben die Indiskretionsaffäre sehr sorgfältig untersucht. Es gibt keinen Zweifel daran, dass Dennis zusammen mit Bob Harridge in die Geschichte verwickelt war.«

Houston senkte den Kopf. »Ich danke Ihnen sehr, dass Sie mir das gesagt haben, Sir Cedric.«

»Sie werden doch Rona gegenüber nichts davon erwähnen?«, erkundigte sich Sir Cedric sorgenvoll. »Sie hat ihren Bruder sehr gemocht und in der letzten Zeit schon genug durchgemacht.«

»Sie sind sehr rücksichtsvoll.«

»Gar nicht, ich stehe nur unendlich in ihrer Schuld. Darüber hinaus bewundere ich sie sehr. Sie ist ein tolles Mädchen mit mehr Charakter als viele andere haben. Es würde mir sehr weh tun, wenn man sie noch mehr verletzten würde.«

Auf dem Weg zurück zum Yard wurden Houston einige Dinge klar. Irgendwie war Dennis an diese Fotokopien gekommen und hatte dann gezögert, sie Bob Harridge zu übergeben. Vielleicht hatte er sogar daran gedacht, sie zu zerstören oder sie der Polizei auszuhändigen. Offensichtlich war Harridge jedoch fest entschlossen gewesen, dies um jeden Preis zu verhindern.

Er war an jenem fatalen Abend vorbei gekommen, als Dennis allein zu Hause war, um Ronas Stück im Fernsehen anzusehen. Er fragte nach den Fotokopien, deren Aushändigung Dennis verweigerte. Nachdem er Dennis getötet hatte, hatte Harridge die gelbe Windmühle in den Fernseher gekratzt, in der richtigen Annahme, dass der Mord mit den von Carl Knight verübten Verbrechen in Verbindung gebracht würde. Dann hatte er Dennis' Zimmer durchsucht, konnte die Fotokopien aber nicht finden. Sie waren in dem geheimen Fach versteckt, das Dennis in das Buch von Mrs. Spedro eingeschnitten hatte. Später war Harridge zurückgekehrt und in die Wohnung eingestiegen, um Dennis' Zimmer noch einmal zu durchsuchen. Dabei hatte ihn Rona überrascht. Und wieder hatte er ohne Beute abziehen müssen.

Seit dem Mord war er immer wieder in Houstons Wohnung erschienen. Vorgeblich aus Interesse an Rona. In Wirklichkeit aber, um eine günstige Gelegenheit zu einer erneuten Suchaktion zu erkunden und sich gleichzeitig über den Stand der Ermittlungen auf dem Laufenden zu halten.

In Scotland Yard forderte Houston sofort einen Haftbefehl gegen Bob Harridge an. Die Adresse des jungen Mannes fand er auf einer Visitenkarte, die ihm Harridge nach der Gründung seiner Maklerfirma gegeben hatte.

Kurz nach sieben Uhr morgens klingelte Houston an dem Haus, in dem Harridge wohnte. Das Gebäude war von Polizisten umstellt.

Er musste eine Minute warten, bis die Tür geöffnet

wurde. Eine ältliche Frau mit aufgedrehtem Haar sah ihn missbilligend an. Die Röllchen auf ihrem Kopf wippten. »Bob Harridge? Er ist nicht da. Höchstens fünf Minuten her, dass er das Haus verlassen hat.«

Houston musste einen Fluch erdrücken. »Haben Sie eine Ahnung, wohin er wollte?«

»Nein, Sir. Er hat seine Sachen eingepackt, bezahlt und ist fortgefahren.«

»Mit seinem Wagen?«

»Nein, den hat er schon vor zwei Tagen verkauft. Mit einem Taxi.«

Houston ließ sich zur nächsten Taxihaltestelle fahren. Er hatte Glück. Einer der drei Fahrer, die wartend beieinanderstanden, entsann sich, dass aus der Straße, in der Harridge wohnte, ein Anruf gekommen sei. »Der Betreffende wollte zum Victoria-Bahnhof. Vielleicht ist das der Mann, den Sie suchen, Sir.«

Am Victoria-Bahnhof sprang Houston im selben Moment aus dem Wagen, in dem er anhielt, lief auf einen Gepäckträger zu und fasste ihn am Arm.

»Welcher Zug fährt als nächster ab?«

Der Mann sah ihn verwirrt an, fasste sich und sagte: »Nach Dover, Sir – Bahnsteig sechs.« Houston ließ ihn stehen und winkte den Polizisten, die ihn begleitet hatten. »Durchsucht die Bahnsteige! Ich übernehme Bahnsteig sechs.«

Er rannte durch die Sperre, an dem verdutzten Kontrollbeamten vorbei.

Der Zug nach Dover setzte sich langsam in Bewegung. Houston erwischte eine Abteiltür des letzten Wagens, riss sie auf und schwang sich hinein. Er ging den Korridor entlang, sah durch jedes Abteilfenster und musterte die Gesichter der Passagiere. Als er den dritten Wagen erreichte, glitt eine Abteiltür beiseite, jemand wollte heraustreten und zog sich blitzschnell wieder ins

Coupé zurück.

Bob Harridge...

Mit zwei Sätzen war Houston an der Tür und schob sie auf. Harridge war allein. Er starrte den Inspektor an.

»Bleiben Sie lieber draußen, Houston!«, stieß er heiser hervor.

»Seien Sie kein Narr, Harridge!«, knurrte Houston. »Glauben Sie bloß nicht, dass Sie uns entkommen können. Sie haben keine Chance mehr.«

Harridges Hand fuhr in die Rocktasche.

»Sie machen es mir nicht leicht, Inspektor.«

Houston sah in die Mündung eines Revolvers. Er schnellte vor, bekam Harridges rechten Arm zu fassen und stieß ihn hoch. Harridge war so überrascht, dass der Revolver seiner Hand entfiel. Keuchend drängte ihn Houston gegen das Fenster. Der Zug rumpelte über eine Weiche, schlingerte hin und her. Harridge riss einen Arm aus der Umklammerung und hieb Houston gegen die linke Schläfe.

Der Inspektor sackte auf die Bank, Harridge war über ihm. Houston wehrte sich heftig. Er kam halb hoch, doch ein Schlag warf ihn auf die Bank zurück. Harridge bückte sich, um den Revolver aufzuheben. Houston raffte sich zu einer gewaltigen Kraftanstrengung auf. Keuchend rangen sie. Der Inspektor merkte, dass seine Kräfte erlahmten. Harridge, war zwanzig Jahre jünger. Eine Faust krachte gegen Houstons Kinn. Dann sank er wieder auf den Sitz zurück. Harridge steckte den Revolver ein und strich sich das Haar glatt. Fast im Unterbewusstsein hörte Houston, dass der andere die Abteiltür aufschob. Ein Luftzug strich über sein Gesicht. Mechanisch griff er nach Harridges Bein und zerrte daran. Aber der andere befreite sich und eilte hinaus. Houston rappelte sich hoch, hielt sich am Türrahmen fest und blickte in den Gang. Harridge hatte das Ende des Ganges erreicht und die Außentür geöffnet. Der Zug hatte seine Geschwindigkeit verringert. Ehe Houston rufen konnte, sprang Bob Harridge...

Auf der nächsten Station verließ der Inspektor den Zug, so schnell er konnte. Jeder Schritt bereitete ihm Schmerzen. In seinem Schädel dröhnte es. Doch die Befehle, die er über das Telefon des Stationsvorstehers erteilte, waren klar. Eine Stunde später fand ein kleiner Suchtrupp Bob Harridge. Er lag in einer Hecke am Fuße des hohen Bahndamms. Sein Genick war gebrochen.

Schweigend ließ Mike Houston es zu, dass Sir Cedric Kelford ihm ein zweites Glas Whisky eingoss. Er saß vor dem Kamin in Kelfords Wohnzimmer und sah zu, wie in einer Ecke Rona mit der kleinen Susan spielte.

»Sie müssen sich doch sehr erleichtert fühlen, nun, da alles vorbei ist«, sagte Kelford und hob sein Glas.

»Ja«, nickte Houston. »Mir ist ein Stein vom Herzen gefallen. Vor allem um Rona habe ich mir in letzter Zeit viel Sorgen gemacht. Aber jetzt kann sie sich wieder ihrer Theaterarbeit widmen, ohne Aufregungen.«

Rona war, während er sprach, hinter ihn getreten und setzte sich auf die Sessellehne.

»Darum mache ich mir die wenigsten Gedanken«, warf sie lächelnd ein und drückte seinen Arm. Zum ersten Mal bemerkte er, dass sie einen Diamantring trug. Houston hob langsam den Kopf, blickte von Rona zu Kelford, von Kelford zu Rona.

»Was geht hier eigentlich vor?«, fragte er gedehnt.

Rona lachte.

»Alles in Ordnung, Inspektor«, versicherte sie mit einem komischen Augenaufschlag. »Ich übernehme demnächst eine ganz neue Rolle – das ist alles...«

ENDE

NACHWORT
von Dr. Georg Pagitz

Die Romane von Francis Durbridge basieren hauptsächlich auf seinen Radioskripten, Film- und Fernsehdrehbüchern, die meist von einem Ghostwriter in Buchform gegossen wurden. So geschehen beispielsweise auch bei seinen ersten fünf Romanen, die allesamt auf Hörspielen mit Paul Temple beruhen.

Eine besondere Ausnahme stellt unter mehreren Aspekten der sechste Roman von Durbridge dar, *Back Room Girl* (*Die Frau im Hintergrund,* Williams & Whiting, Durbridge-Edition Band 13), der im Jahr 1950 erschienen ist und bisher nie auf Deutsch übersetzt wurde. So ist es der einzige Kriminalroman des Autors, der nicht nach dem Whodunit-Muster gestrickt und in dem der Täter von Anfang an bekannt ist. Außerdem ist es eher eine spannende Abenteuergeschichte, in der ein ehemaliger Major gemeinsam mit einer Wissenschaftlerin gegen eine gefährliche, aus brutalen Nazis bestehende Organisation kämpft, die die Weltherrschaft mit einer Atomrakete erzwingen will. Obwohl James Bond 1950 noch nicht existierte, klingt diese Story eher nach 007 als nach Durbridge. Weltherrschaftsphantasien bewegten damals den Erdball. Durbridge zeigt ungewöhnlich für ihn viel Gewalt, die wiederum von den extrem brutalen Ex-Nazis ausgeübt wird. Der Titel *Back Room Girl* bezieht sich auf die weibliche Hauptfigur Karen Silvers, die hinter verschlossenen Türen, abgeschottet von der Außenwelt, quasi in einem »Hinterraum«, an einem geheimen Regierungsprojekt arbeitet. Obwohl untypisch für den Autor, ist die Geschichte spannend und bietet einige interessante Wendungen. Zudem ist das alte Kloster, von dem verschiedene Geheimgänge wegführen (unter anderem in ein Pub), eindeutig eine Anleihe an Durbridges Vorbild Edgar Wallace.

Nach diesem Roman warf Durbridge 1951 *Beware auf Johnny Washington* (*Vorsicht vor Johnny Washington!*, Band 14) auf den Markt, eine Neufassung seines ersten Romans *Send for Paul Temple* von 1938 (deutsche Übersetzung: *Paul Temple und der Fall Max Lorraine* (2021, Pidax)). Der achte Roman *Design for Murder* (*Mr. Rossiter empfiehlt sich* bzw. *Schöne Grüße von Mr. Brix* (als Band 4 in dieser Reihe von Williams & Whiting erschienen)) war die Umformung eines weiteren Temple-Abenteuers.

Anfang bis Mitte der 1950er-Jahre konzentrierte sich Durbridge dann neben seiner ständigen Fernseh- und Radioarbeit, nebenbei laufenden Mitarbeiten an Kinoverfilmungen und der Temple-Comic-Serie, auf das Abfassen einiger Fortsetzungsromane für Zeitschriften.

So erscheint 1952/1953 *The Nylon Murders* im *Sunday Dispatch* als Zwölfteiler (als Roman in der deutschen Fassung *Kommt Zeit, kommt Mord* bzw. *Die Nylonmorde*).

Als zehnten Roman veröffentlicht Francis Durbridge *The Yellow Windmill*, der als elfteilige Serie ebenfalls im *Sunday Dispatch* 1954 erscheint. Wie der darauffolgende Roman *The Man Who Beat the Panel* (1955 im *TV Mirror*), deutsche Fassung als *Mitten ins Herz* in der *Bild und Funk* (1962/1963), und der 15. Roman *The Face of Carol West,* deutsche Fassung als *Sie wussten zuviel* in der Bild und Funk (1963), erscheint dieser Roman in Deutschland in Fernsehzeitschriften.

Das Besondere daran: Der Perfektionist Francis Durbridge überarbeitet die Geschichten, baut sie stark aus, ändert Namen, Motive, Orte, Länge und Folgenanzahl (*Panel* hat in der englischen Fassung sechs Folgen, in der deutschen neun, *Carol West* im Original acht Episoden und in der deutschen Fassung zehn) und macht im Falle von *The Man Who Beat the Panel* aus einem Nicht-Whodunit einen Whodunit, wobei er hier auch neue Personen einführt und die Art der kriminellen Organisation und deren Verbrechen ändert.

Für *Die gelbe Windmühle* ist zu sagen, dass die hier abgedruckte deutsche Version, die im Winter 1965/1966 in der *Bild und Funk* erschienen ist, vor allem am Anfang von der englischen Fassung stark abweicht und teilweise auch andere Figurennamen aufweist.

Je weiter die Geschichte voranschreitet, desto ähnlicher werden sich die beiden Fassungen. Durbridge scheint vor allem mit dem Beginn der englischen Originalversion nicht glücklich gewesen zu sein, andernfalls hätte er sie kaum überarbeitet.

Sie können sich selbst davon überzeugen, wieviel der Autor abänderte, denn auf den folgenden Seiten folgt die Übersetzung eines kurzen Teils der Originalfassung, die alle paar Absätze sogar eine Überschrift trug. Wie bereits am Anfang ersichtlich ist, änderte Durbridge auch später einige Namen, so wurde beispielsweise aus Mary O'Reilly in der deutschen *Bild-und-Funk*-Fassung Mary Smith.

Francis Durbridge
Die gelbe Windmühle
(The Yellow Windmill)

Die ersten paar Absätze der englischen Originalfassung
aus dem Jahr 1954, erschienen im *Sunday Dispatch* am
17. Januar 1954 auf Seite 5,

übersetzt von
Dr. Georg Pagitz

Die gelbe Windmühle
Es war ein milder Frühlingstag, warm genug für Mary
O'Reilly, um auf einer Bank nahe des Eingangs zum
Regent's Park zu sitzen und einen Brief ihres Bruders in
County Down zu lesen. Es wäre ihr niemals in den Sinn
gekommen, Susan zu vernachlässigen. Das Kind schien
sich gerade daran zu erfreuen, mit einem französischen
Pudel aus einer der nahegelegenen Wohnungen Freund-
schaft zu schließen.

Ein Wagen, der außerhalb der Absperrungen dahin-
geschlichen war, hielt plötzlich an und der Mann, der
neben dem Fahrer saß, stieg aus. Er näherte sich dem
kleinen Mädchen, kniete sich auf ein Knie und begann
mit ihr über den Hund zu sprechen.

Nach einer kurzen Weile zog er eine kleine gelbe
Windmühle hervor. Die fünfjährige Susan Kelford bekam oft kleine Geschenke von ihren häufigen Zufallsbe-
kanntschaften und daher nickte Mary lediglich und lächelte, als das Kind auf sie mit dem leuchtenden gelben
Spielzeug zurannte.

Susan lief in Richtung des Autos, gleichzeitig drehten sich die kleinen Segel der Windmühle fröhlich. Als Susan das Auto fast erreicht hatte, sah sich der Mann auf dem Vordersitz unauffällig um. Damit versicherte er sich, dass niemand in erreichbarer Nähe war.

Dann rief er nach dem Mädchen, worauf die Kleine vorlief, um ihn zu grüßen. Er öffnete die Tür und hob das Kind mit einer raschen Bewegung auf den Rücksitz. Der Mann holte seine Hand hervor und es gab einen erstickenden Schrei, als das in Chloroform getränkte Tuch auf den Mund des Kindes gedrückt wurde. Fast gleichzeitig knallte die Tür zu und der Wagen fuhr ab. Der Vorfall blieb von den wenigen Passanten, die am Parkeingang vorbeigingen, unbemerkt.

Erst nachdem das verzweifelte Kindermädchen fast eine Stunde lang Fragen beantwortet hatte, erinnerte sie sich an die gelbe Windmühle.

Keine Lösegeldforderung

»Sie haben also alles kontrolliert?«, fragte Superintendent Elder mit zweifelndem Tonfall drei Tage später. Er lehnte sich in seinen Sessel zurück und schaute aus dem Fenster seines Büros in Scotland Yard.

»Alles«, antworte Kriminalinspektor Mike Houston, der in die Ecke seines Notizblockes ein kettenförmiges Muster kritzelte.

»Ist aus dem Kindermädchen nicht mehr herauszukriegen?«

»Das arme Mädchen ist praktisch am Rande eines Nervenzusammenbruchs«, warf Kriminalinspektor Loman ein, der die Befragungen gemeinsam mit Houston geführt hatte.

»Sind Sie sicher, dass Kelford keine Lösegeldforderung oder Ähnliches erhalten hat?«

»Er hat nichts dergleichen erwähnt.«

»Ich vermute, dass sie mit der Post gekommen ist. Er hat ein halbes Dutzend verschiedener Adressen«, grübelte der Superintendent.

»Das ist richtig«, stimmte Houston zu. »Und es wäre sicherlich eine große Versuchung für ihn, zu bezahlen und der Polizei nichts davon zu sagen.«

»In diesem Falle würde er den stellvertretenden Polizeichef aber nicht zwei Mal täglich anrufen«, kam Lomans scharfsinniger Hinweis.

»Sir Cedric ist ein berühmter Mann. Er kann viele Beziehungen spielen lassen und er hat alles für dieses Kind gegeben, seitdem seine Frau gestorben ist.«

Houston nickte. »Tja, ich weiß nicht, was wir noch tun können«, sagte er.

»Wir haben den Kanal am Regent's Park abgesucht, jedermann, der in Sichtweite des Tatorts wohnt, befragt, zwei Aufrufe zur Mithilfe ausgestrahlt, jeden Gauner, der eine Vorstrafe wegen Entführung hat, überprüft...«

»Es gibt einfach keinen sachlichen Beweis, mit dem wir starten könnten«, sagte Loman. »Das Kind ging offenbar in den Park und verschwand spurlos.«

»Es könnte auch eine dieser schrulligen Frauen sein, die Kinder fortlocken, weil sie selbst so einsam sind«, sagte Houston nachdenklich.

»Solche Fälle hat es schon gegeben«, räumte Elder ein, der gerade den Kopf seiner Pfeife an seinem Ärmel polierte.

Er seufzte. »Dann ist es wohl so, dass ich Kelford diesmal auch nichts berichten kann, wenn er wieder anruft?«

Das Lieblingsthema

Houston schüttelte den Kopf. »Es tut mir furchtbar leid für Kelford«, sagte er. »Das ist ein Grund, weshalb ich Tag und Nacht an dem Fall gearbeitet habe. Ich habe

202

mich in ihn hineinversetzt und mir vorgestellt, wie ich mich gefühlt hätte, wenn einem meiner zwei Kinder etwas passiert wäre, als sie so alt waren.«

»Wie machen sich denn Ihre Kinder, Mike?«, erkundigte sich Elder froh darüber, das Thema für ein paar Minuten wechseln zu können.

Houstons Gesicht erhellte sich. Für einen Witwer Ende vierzig war es verständlich, dass seine Kinder sein Lieblingsthema waren.

»Dennis schlägt sich gut an seinem fixen Arbeitsplatz, der Zentralnotenbank, Sie wissen ja...«

»Ist nicht Sir Cedric der Vorstand dieser Einrichtung?«, fragte Elder, der damit unvermeidbar zum Fall zurück gekommen war.

Houston nickte.

»Und Ihre Tochter?«, fuhr Elder fort. »Ist sie nicht zur Bühne gegangen?«

»Ja, sie fasst gerade Fuß. Da war gestern ein Artikel über sie in der Zeitung.«

In einem neuen Stück
Er entnahm seiner Brieftasche einen Zeitungsausschnitt und reichte ihn seinem Vorgesetzten.

»Erst 22 und spielt schon die Hauptrolle in einem neuen Fernsehspiel?«

»Es wird am Sonntag ausgestrahlt.«

»Sie ist auch mit dem Autor verlobt, ich verstehe.«

»Das ist alles übertrieben«, sagte Houston zögerlich. »Obwohl sie natürlich ziemlich eng befreundet sind.«

»Ich nehme an, Sie mögen diesen Kerl namens Knight nicht«, sagte Elder mit einem Lächeln.

»Ich habe nichts gegen ihn«, antwortete Houston unsicher. »Er soll sehr tüchtig sein. Rona hat schon sehr viel von ihm bei Proben und Ähnlichem gelernt.«

Der Superintendent schüttelte seinen Kopf.

»Ihr Witwer, die ihr Väter und Mütter für eure Kinder sein müsst«, murmelte er, »ihr habt eure liebe Not. Jedenfalls legen wir großen Wert darauf, dieses Stück zu sehen, nicht wahr, Loman?«

»Ich freue mich darauf«, versicherte ihm Loman.

»Und wo wir gerade bei Witwern sind«, fuhr Elder fort, »man könnte meinen, dass Kelford mit all seinem Geld versuchen wird, sein einziges Mädchen zu retten.«

»Sein Geld macht ihn nur noch verletzbarer«, sagte Mike Houston.

»So sieht es wohl aus«, stimmte Elder zu. »Tja, kommen wir zurück zur Arbeit und graben wir uns noch einmal durch all diese Berichte.«

Die drei Männer arbeiteten in Stille, bis jemand an der Tür klopfte und ein uniformierter Sergeant ein kleines Päckchen hereinbrachte.

»Das ist soeben per Einschreiben gekommen, Sir«, sagte er und überreichte es Houston.

Houston drehte das Paket um. Es war an ihn adressiert, in Blockbuchstaben beschriftet und mit einer braunen Schnur verpackt.

Eine Nachricht

In dem braunen Packpapier befand sich ein kleiner Pappkarton, auf den ein halber Zettel eines Notizblocks geheftet war. Darauf stand gekritzelt: »Ich kann Ihnen eine Mittelung im Kelford-Fall machen. Sie werden verstehen, dass ich weiß, von was ich rede, wenn Sie den Inhalt dieser Schachtel sehen. Sie treffen mich im *Skipper's Haunt* in Chatham, um sieben Uhr am Sonntagabend.«

Die Nachricht war unterschrieben mit »Nobbler Williams«.

Houston reichte die Nachricht dem Superintendent weiter, dann öffnete er den Deckel der kleinen Pappschachtel.

Sie beinhaltete Susan Kelfords kleine gelbe Windmühle.

»Was wissen Sie über diesen Mann namens Williams?«, fragte Elder, der die Windmühle vorsichtig untersuchte.

DIE DURBRIDGE-EDITION VON WILLIAMS & WHITING

Band 1

Francis Durbridge
Stichtag für Harry
Kriminalroman

Vorwort, Nachwort und Übersetzung
von Dr. Georg Pagitz

Ein junger Mann namens Peter Gibson sucht Superintendent Max Christian in Scotland Yard auf. Er berichtet, dass er in einem Café in Hampstead arbeitet und ungewollt bei der Arbeit zwei Frauen belauscht hat. Diese sagten, dass ein gewisser Harry Sherwood den Sechzehnten des kommenden Monats nicht überleben würde. Christian geht der Sache nach, muss aber feststellen, dass nichts von dem, was Gibson erzählt hatte, stimmt. Es gibt weder das Café, noch einen Mann dieses Namens. Am Sechzehnten des darauffolgenden Monats wird jedoch in einem Wohnwagen eine Leiche gefunden. Der Täter hat sein Opfer erstochen. Als Superintendent Christian den Toten sieht, glaubt er seinen Augen nicht: Es handelt sich dabei um den angeblichen Peter Gibson, der in Wirklichkeit Harry Sherwood hieß...

Durbridge schrieb diese Geschichte als Fortsetzungsroman im Jahr 1960. Sie blieb jedoch unveröffentlicht und erscheint nun erstmals posthum.
Der Autor versuchte die Story auch als Filmtreatment deutschen Produzenten anzubieten und schrieb sie später zur Episode für eine *Paul-Temple*-TV-Folge um. Dieses Szenarium ist in dem Buch als *Paul Temple und der vorausgesagte Mord* enthalten, den Abschluss bildet eine Abhandlung über Durbridge und die Temple-TV-Serie.

ERSTMALS AUF DEUTSCH!

Band 2

Francis Durbridge
Schritt ins Dunkel
Drehbuch für einen Kinofilm

Vorwort, Nachwort und Übersetzung
von Dr. Georg Pagitz

In Soho geht ein gefährlicher Mörder um, der Barmädchen mit einem Messer tötet. Scotland Yard steht vor einem Rätsel. Zur gleichen Zeit befindet sich der wohlhabende Immobilienmakler Makler Mike Hilton in einer existentiellen Krise: Nach dem Tod seiner Tochter und schwierigen Phasen in seiner Ehe verlässt ihn seine Ehefrau Ruth. Nach einer Reifenpanne nahe eines berüchtigten Pubs in Soho lernt er die attraktive Selby Brooks kennen und verliebt sich in sie. Als er die junge Dame wenig später auf einem Hausboot besuchen will, findet er ihre Leiche. Mike Hilton gerät unter Mordverdacht. Zur Tatzeit half er einem kleinen Jungen dabei, dessen Papierdrachen aus einem Baum zu befreien. Doch dieses Alibi ist nichts wert, denn der Junge scheint spurlos verschwunden zu sein und gar nicht zu existieren. Gleichzeitig erfährt Mike von Scotland Yard, dass nichts von dem, was Selby ihm erzählt hatte, stimmte. Kann er sich aus dem Teufelskreis, in dem er sich befindet, befreien und den wahren Täter finden?

Die Hintergrundgeschichte zu diesem verschollenen Drehbuch ist ebenso spannend wie die Kriminalgeschichte selbst. Francis Durbridge verfasste das Skript 1961 und verkaufte es 1962 an einen deutschen Filmproduzenten. Letztlich wurde daraus der Spielfilm *Piccadilly null Uhr zwölf,* der bis auf vier Namen nichts mehr mit der Originalstory zu tun hatte.
Im Vor- und Nachwort werden die Hintergründe analysiert und dank erst kürzlich aufgefundener Originalkorrespondenz von Francis Durbridge auch die Umstände und Gründe der Änderungen rekonstruiert.

ERSTMALS AUF DEUTSCH!

Francis Durbridge
Paul Temple muss her!
ein Kriminalstück
Vorwort, Nachwort und Übersetzung
von Dr. Georg Pagitz

Scotland Yard steht vor einem Rätsel. Eine gefährliche Verbrecherbande verunsichert London durch Kindesentführungen, Lösegelderpressungen und andererseits durch spektakuläre Juwelenraube. Die Ganoven operieren unter dem Namen »Die Schlagzeilenmänner«. Dies ist gleichzeitig der Titel des Romans einer unbekannten Autorin, deren Identität niemand kennt. Nachdem Sir Graham und seine Ermittler nicht weiter kommen, fordern die Zeitungen nach Unterstützung und titeln: »Paul Temple muss her!« Der erfolgreiche Kriminalschriftsteller und Privatermittler schaltet sich daraufhin ein und weiß bald, dass der große Hintermann ein Superverbrecher namens Max Lorraine ist. Aber wer der Verdächtigen versteckt sich hinter diesem Namen? Wer ist der gefährliche Schlagzeilenmann Nummer 1?

Dieses im Jahr 1943 in Birmingham uraufgeführte Theaterstück wurde seither nie mehr gespielt. Der Autor zeigt darin sein ganzes Können und liefert Drehungen, Wendungen und atemberaubende Cliffhanger im Minutentakt. Vier Personen sterben auf der Bühne, ebenso viele Leichen gibt es aus Erzählungen. Die *Birmingham Post* schrieb damals zur Uraufführung: »Leichen fallen aus Aufzügen, Schreie hallen durch die Nacht, aus einem unverdächtig aussehenden Grammophon kommen Schüsse und Blausäure findet ihren Weg in harmlose Whiskyfläschchen. Eigentlich haben wir A oder B als Täter verdächtigt, aber dann war es plötzlich X.«
Bei dem Stück handelt es sich um eine geschickte Mischung aus Paul Temples ersten beiden Hörspielabenteuern.

ERSTMALS AUF DEUTSCH!

Band 4
Francis Durbridge
Schöne Grüße von Mister Brix
Kriminalroman

mit einem ausführlichen Vor- und Nachwort
von Dr. Georg Pagitz

Geheimnisvolle und höchst mysteriöse Umstände haben den Ex-Inspektor Richard Grant und seine Frau Margret dazu veranlasst, vorübergehend wieder in den Dienst von Scotland Yard zu treten. In einem Fischerdorf namens Shorecombe war zuvor die Leiche einer gewissen Barbara Willis, Tochter eines feinen Londoner Hauses, aus dem Meer gezogen worden. Kurz darauf bekam ihr Verlobter Robert Brown eine Diamantenbrosche zugeschickt. Darauf stand: »Schöne Grüße von Mister Brix«. Wenig später finden die Grants in ihrer Garage eine weitere Leiche. Peggy Gillow, die in dem Fall undercover ermittelte, wurde erdrosselt. Auch ihr Vater bekam eine mysteriöse Karte von Mister Brix mit der gleichen sarkastischen Botschaft. Steckt hinter diesem Pseudonym jener gefährliche Ariman, dessen Fall Grant einst bearbeitete? Und wenn ja, wer von den zahllosen Verdäc-htigen ist dieser unheimliche Verbrecher?

Durbridge schrieb diesen Kriminalroman 1962 für den deutschen Markt. Er basiert auf dem legendären Hörspiel *Paul Temple und die Affäre Gregory* und erzählt dieses sehr werkgetreu nach, allerdings wurden die Charaktere umbenannt. Wer schon immer wissen wollte, worum es in diesem Fall geht und ihn in voller Länge erleben wollte, kann dies nun endlich tun.

ERSTMALS ALS DEUTSCHES BUCH!

Band 6　　　　　Francis Durbridge
Mitten ins Herz
Kriminalroman

mit einem ausführlichen Vor- und Nachwort
von Dr. Georg Pagitz

Gary Mason, der berühmteste und beliebteste Schauspieler
Englands, wird auf dem Gelände eines Londoner Filmstudios
erschossen. Wer ist der Täter? Und hatte er tatsächlich Mason
als Ziel auserkoren oder war dieser Mord ein Versehen und er
galt eigentlich der überaus attraktiven schwedischen Nach-
wuchsschauspielerin Karin Lund? Diese legt ein seltsames
Verhalten an den Tag, vor allem als sie zwei Tage später dem
Journalisten Michael Collins begegnet, der Augenzeuge der
Tat wurde und sich danach um die junge Frau gekümmert
hatte. Diesmal ignoriert Karin den Reporter und ist in Begleitung eines mysteriösen Fremden. Als Journalist Collins in
der darauffolgenden Nacht von einem weiteren Mord berichten soll, ist er schockiert, als er in der Leiche Karin Lund
wieder erkennt. Sie wurde erstochen...

Mitten ins Herz wurde 1955 als *The Man Who Beat the Panel*
in Großbritannien als Fortsetzungsroman veröffentlicht. Durbridge überarbeitete diese Fassung für den deutschen Markt
im Jahr 1962, erweiterte und verbesserte sie um viele Hand-
lungsstränge und machte aus einem Nichtwhodunit einen
Whodunit. Später entwickelte er daraus auch ein Skript für die
Paul-Temple-Fernsehserie namens *The Elusive Miss Helvin*,
das aber nie Verwendung fand. In dieser Ausgabe sind neben
der deutschen Romanfassung auch erstmals die Über-
setzungen der britischen Fortsetzungsgeschichte und des Sze-
nariums enthalten. Titel: *Der Mann, der das Quiz gewann* und
Paul Temple und die vorsichtige Miss Helvin, beide übersetzt
von Dr. Georg Pagitz.

ERSTMALS ALS DEUTSCHES BUCH!

Band 7

Francis Durbridge
Sie wussten zu viel
Kriminalroman

mit einem ausführlichen Vor- und Nachwort
von Dr. Georg Pagitz

Victor Merton, der Geschäftsführer der Absteige *High Dive* in Belhampton, zieht beim morgendlichen Schwimmsport die Leiche eines jungen Mädchens aus dem Hotelpool. Julia Nagy, eine aus Ungarn stammende Angestellte und Mister Cooper, ein Privatgelehrter, werden Augenzeugen des Vorgangs. Ein Notizbuch der Toten führt zu einer gewissen Carol West. Außerdem findet sich darin die Telefonnummer von Scotland-Yard-Superintendent Christian Stiller, der die Tote allerdings nicht kannte. Stiller übernimmt die Ermittlungen. Immer wieder wird er in deren Verlauf von einem Anrufer mit sanfter Stimme gewarnt. Wenig später wird auf den Superintendent ein Überfall verübt, kurz darauf ein Anschlag in Scotland Yard. Was weiß das mysteriöse Ehepaar Beckworth? Und welche Rolle spielt der konservative Privatgelehrte Robin Long? Alle Spuren führen erneut in die zwielichtige Absteige *High Dive...*

Francis Durbridge hatte diesen Roman 1959 als Fortsetzungsgeschichte für die Zeitschrift *News of the World* geschrieben. 1963 überarbeitete er die Geschichte für den deutschen Markt. Durch erst kürzlich aufgefundene Originalunterlagen des Autors wurde ersichtlich, dass er die Geschichte unter dem Originaltitel *The Face of Carol West* auch als Filmsujet einigen deutschen Filmproduzenten anbot. Diese lehnten sie jedoch mit der Begründung ab, dass sie die Story besser als Mehrteiler für das Fernsehen geeignet hielten.

ERSTMALS ALS DEUTSCHES BUCH!

Band 8

Francis Durbridge
Paul Temple und der Fall Valentine
Skript für ein achtteiliges Hörspiel

Vorwort, Nachwort und Übersetzung
von Dr. Georg Pagitz

London, 1946: Seit einigen Wochen wird das Westend von einer geheimnisvollen Selbstmordserie junger Frauen erschüttert. Scotland Yard ist ratlos und kann nur herausfinden, dass es wohl um Drogen und einen geheimnisvollen Hintermann namens »Valentine« geht. Für Sir Graham Forbes ist eines klar: Das ist ein Fall für Paul Temple! Der bekannte Detektiv und Schriftsteller ist zunächst jedoch gar nicht daran interessiert. Erst als eine junge Frau spurlos aus seinem Wagen verschwindet, lässt er sich doch überreden. Dann geht alles blitzschnell: Auf die Temples wird im eigenen Schlafzimmer ein Mordanschlag verübt, eine geheimnisvolle Botschaft führt Paul und Steve zu einem mysteriösen Kapitän in eine Kneipe am Fluss und schließlich findet sich eine deutliche Warnung von Valentine bei einer Leiche in einer Zahnarztpraxis. Es gibt zahllose Verdächtige und undurchsichtige Gestalten und der gefährliche Unbekannte schlägt immer wieder zu...

Das Originalskript zur neuen achtteiligen Hörspielproduktion von Pidax (2022) mit vielen Hintergrundinformationen.
In der Originalreihenfolge handelt es sich hierbei um den sechsten Paul-Temple-Fall.

ERSTMALS AUF DEUTSCH!

Band 9 Francis Durbridge
Paul Temple und der Fall McRoy
Paul Temple und der Fall Westfield
Skripten für zwei einteilige Hörspiele

Vorwort, Nachwort und Übersetzung
von Dr. Georg Pagitz

<u>Der Fall McRoy</u>: Paul Temple und Steve haben ein paar erholsame Tage in Italien verbracht. Sie befinden sich gerade auf der Weiterreise in die Schweiz, als sie auf dem Mailänder Bahnhof zufällig den Ex-Ermittler Harry McRoy treffen. Gemeinsam tritt man die Weiterfahrt an. Im Zug erzählt Harry von einem rätselhaften Auftrag und bittet Paul, einen Koffer mit geheimnisvollem Inhalt an Sir Graham Forbes zu überbringen, wenn ihm etwas zustoßen sollte. Ehe man Basel erreicht, überschlagen sich die Ereignisse und es gibt Tote. Im weiteren Verlauf spielen eine geheimnisvolle Brosche und Aufnahmen eines Boots namens »Corina« eine wichtige Rolle. Ein brenzliger Fall für Paul Temple...

<u>Der Fall Westfield</u>: Vor Jahren wurde aus dem Hause des Herzogs von Westfield Schmuck im Werte einer Dreiviertelmillion Pfund gestohlen. Es gab keine Spuren und Scotland Yard legte den Fall damals auf Eis. Paul Temple interessiert sich für die Sache, zumal es bald auch eine neue Spur zu geben scheint. Diese ergibt sich aus einem mysteriösen Leichenfund in einem Londoner Hotel. Bei dem Toten handelt es sich um einen Franzosen, der mit gestohlenen Steinen handelte. Bei seinen Sachen werden ein Fahrschein für eine Fähre und ein Rezept eines gewissen Dr. Schumann gefunden. Temple geht der Sache nach. Die Ermittlungen führen ihn schließlich nach Cornwall, wo es bald eine weitere Leiche gibt...

Die beiden Originalskripten zu den neuproduzierten Pidax-Hörspielen (2022). ERSTMALS AUF DEUTSCH!

213

Band 10 Francis Durbridge
Paul Temple und der Fall Dr. Belasco
Skript für ein achtteiliges Hörspiel

Vorwort, Nachwort und Übersetzung
von Dr. Georg Pagitz

Als Paul und Steve nach einem Tanzabend anlässlich Steves Geburtstag nach Hause kommen, werden sie schon von Sir Graham erwartet. Dieser hat Philip Kaufmann von der Kopenhagener Polizei mitgebracht. Sie erklären, dass der berüchtigte Dr. Belasco seine Aktivitäten vom Kontinent nach England verlegt hat. Niemand kennt das Gesicht dieses gefährlichen Mannes, der das Verbrechen organisiert und für Schutzgelerpressungen aber auch Mord verantwortlich ist. Sir Graham und Kaufmann bitten Temple um Hilfe. Bald schon soll der Kanadier Ross Morgan in England ankommen. Er ist ein Handlanger Dr. Belascos. Temple soll ihn im Auge behalten, doch dann gibt es einen unerwarteten Zwischenfall: Bei der Zugfahrt nach London kommt es zu einem Unfall und Morgan stirbt. Der Kanadier kann Temple jedoch noch einen wichtigen Hinweis geben. Bei seinen Sachen findet Temple ein Feuerzeug. Dieses ähnelt jenem, das Steve an ihrem Geburtstag irrtümlich von einem Mr. Nelson eingesteckt hat.

Francis Durbridge verfasste *Paul Temple and Steve,* so der Originaltitel dieses in der Chronologie gesehenen achten Falls, im Jahr 1947.
Mit umfassenden Hintergrundinformationen.

ERSTMALS AUF DEUTSCH!

214

Die Durbridge-Edition
von Williams & Whiting im Überblick

1. *Stichtag für Harry / Paul Temple und der vorausgesagte Mord* (Kriminalroman / TV-Treatment)
2. *Paul Temple muss her!* (Theaterstück)
3. *Schritt ins Dunkel* (Drehbuch)
4. *Schöne Grüße von Mister Brix* (Kriminalroman)
5. *Die gelbe Windmühle* (Kriminalroman)
6. *Mitten ins Herz / Der Mann, der das Quiz gewann / Paul Temple und die vorsichtige Miss Helvin* (Kriminalromane / TV-Treatment)
7. *Sie wussten zu viel / Das Gesicht der Carol West* (Kriminalromane)
8. *Paul Temple und der Fall Valentine* (Hörspielmanuskript)
9. *Zwei Fälle für Paul Temple: McRoy / Westfield* (Hörspielmanuskripte)
10. *Paul Temple und der Fall Dr. Belasco* (Hörspielmanuskript)
11. *Paul Temple und die Marquis-Morde* (Kriminalroman)
12. *Die Anhalterin* (Kriminalroman)
13. *Die Frau im Hintergrund* (Kriminalroman)
14. *Vorsicht vor Johnny Washington!* (Kriminalroman)
15. *Zwanzig Minuten von Rom* (TV-Drehbuch)
16. *Das zerbrochene Hufeisen* (TV-Drehbuch)
17. *Operation Diplomat* (TV-Drehbuch)
18. *Die Teckman-Biographie* (TV-Drehbuch)
19. *Paul Temple und der Fall Z.4* (Hörspielmanuskript)
20. *Paul Temple und der Fall Sullivan* (Hörspielmanuskript)
21. *Das Messer* (TV-Drehbuch)
22. *Tim Frazer und das Rätsel von Melynfforest* (TV-Drehbuch)
23. *Porträt von Alison* (Kriminalroman)
24. *Mein Freund Charles* (Kriminalroman)